MIA LEONI

Africa in Love: Honeymoon mit Hindernissen

Die Autorin:
Mia Leoni lebt und arbeitet in Erfurt. Nach dem Abitur verschlug es die geborene Puffbohne für eine Ausbildung und zum Arbeiten nach Frankfurt am Main. Sechs Jahre und viele Erfahrungen später lockte sie die geliebte Heimat und ihr heutiger Ehemann zurück in die thüringische Landeshauptstadt. Seit 2013 ist sie Mutter einer Tochter und hat während der Elternzeit ihre Leidenschaft fürs Schreiben wiederentdeckt. Schon in früher Kindheit hat sie Geschichten geschrieben, aber nie zu Ende gebracht. Durch die Motivation einer lieben Autorenkollegin schaffte sie es, im Januar 2015 jedoch endlich ihren Debütroman „In Versuchung" zu veröffentlichen.

Weitere Titel der Autorin:
In Versuchung (2015)
Zur Versöhnung (2015)
Dich schickt das Himmelreich (2016)
Eine Hochzeit für Himmelreich (2017)

MIA LEONI

AFRICA IN LOVE

Honeymoon

MIT HINDERNISSEN

Roman

Bibliografische Information der Deutschen Nationalbibliothek:
Die Deutsche Nationalbibliothek verzeichnet diese Publikation in der
Deutschen Nationalbibliografie; detaillierte bibliografische Daten sind im
Internet über dnb.dnb.de abrufbar.

Deutsche Erstausgabe April 2018
Copyright © 2018 Mia Leoni
Mia Leoni
c/o Papyrus Autoren-Club
Pettenkoferstr. 16 - 18, 10247 Berlin
Umschlaggestaltung:
BENISA WERBUNG, Sabine Albrecht, Erfurt
Umschlagfotos:
© Joshua Resnick / 123rf.com
© Susan Richey Schmitz / 123rf.com
Lektorat: Susanne Pavlovic
Korrektorat: Sabine Maria Steck
Herstellung und Verlag:
BoD - Books on Demand, Norderstedt
Printed in Germany
ISBN: 978-3-7460-8941-6

Besuchen Sie die Autorin im Internet:
www.mia-leoni.de

Auf Facebook:
www.facebook.com/mia.leoni.autor

Oder schreiben eine Nachricht:
info@mia-leoni.de

Kapitel 1
Christoph

Das Klingeln an der Wohnungstür ließ ihn aufschrecken. So sehr, dass er sich beinahe das große Küchenmesser, mit dem er gerade Paprika schnitt, in den Finger gerammt hätte.

War die Türglocke schon immer so schrill?

»Schatz, machst du auf?«, flötete Mara aus dem Schlafzimmer. »Das wird meine Mutter sein.«

Obwohl er wusste, dass sie verabredet waren, seufzte er tief, ließ nach kurzem Zögern das Messer auf die Arbeitsplatte sinken und schlurfte zur Tür.

»Bettina, da bist du ja schon«, begrüßte er seine künftige Schwiegermutter übertrieben freundlich.

»Ach, du weißt doch, dass ich furchtbar aufgeregt bin«, erwiderte sie und hauchte ihm ein Küsschen auf die linke und eins auf die rechte Wange. »Wo ist denn mein Baby?«

Bettina drängte sich an ihm vorbei und spähte in die Gästetoilette und den Hauswirtschaftsraum hinein.

»Ich bin im Schlafzimmer«, brüllte Mara.

Doch statt zu warten, bis die Tochter den durchaus privaten Raum verlassen hatte, eilte Bettina kurzerhand hinein.

Kopfschüttelnd folgte Christoph ihr und stellte sich mit verschränkten Armen in den Türrahmen.

»Ich bin gleich so weit«, informierte Mara, während sie in ihre Jeans schlüpfte.

»Jetzt beeil dich doch, Kind. Ich habe eine fantastische Überraschung für euch.«

»Eine Überraschung?«, hakte Christoph nach, doch er wurde ignoriert.

»Los, los. Zieh dich an! Außerdem wollen wir doch nicht zu spät zur Besichtigung kommen. Frau Gerber hat den Saal bereits für eine Hochzeit herrichten lassen. So können wir uns viel besser vorstellen, wie es zu eurer Feier aussehen wird.«

»Saal? Das klingt so ... riesig.« Christoph kratzte sich am Kopf.

»Keine Panik, mein Lieber. Die Räumlichkeiten sind perfekt. Nun macht schon. Ich bin so gespannt, was ihr zu meiner Überraschung sagt.«

Irgendwie hatte Christoph kein gutes Gefühl. Wenn seine Schwiegermutter im Alleingang etwas ausheckte, war bisher nie etwas herausgekommen, mit dem er einverstanden war.

Unwillkürlich musste er an den Esszimmertisch denken, den Bettina während eines Urlaubs ausgetauscht hatte, weil sie der Meinung war, ein Glastisch passe viel besser zur modernen Einrichtung als das alte Ding aus Echtholz.

Deshalb streifte er nur widerwillig seine Jacke über, zog sich die Schuhe an und folgte den Frauen hinunter vor die Haustür.

Der Herbst hatte die Natur bereits voll im Griff.

Überall schmückte buntes Laub die Gehwege und Vorgärten, und ein kühler Wind ließ ihn frösteln.

Oder machte ihm Bettinas Ankündigung Angst?

Auf der Straße konnte er nichts Ungewöhnliches entdecken. Alles sah normal aus.

Aber Moment mal! Stand gestern Abend nicht sein Auto noch schräg gegenüber vor Oppenheimers Eingangstür?

Er schüttelte den Kopf.

Vielleicht hatte er woanders geparkt.

»Tataaa!«, machte Bettina und wies mit ausgestreckten Armen auf einen dunkelblauen VW Sharan direkt vor ihrer Nase.

Christoph glotzte sie verständnislos an. Hatte sie sich etwa eine Familienkutsche gekauft? Wozu?

»Was sagt ihr dazu?«, fragte sie begeistert.

»Ähm, schön«, meinte Christoph.

»Also ein wenig mehr Enthusiasmus hätte ich mir schon gewünscht.« Sie verschränkte beleidigt die Arme.

»Warte!«, schaltete Mara sich ein. »Ist der etwa für uns?«

»Selbstverständlich. Wozu brauchen *wir* denn so einen großen Wagen?« Jetzt war es Bettina, die verständnislos glotzte.

Christoph klappte die Kinnlade nach unten. »Du hast uns ein Auto gekauft?«

Er war sich nicht sicher, ob er sich darüber freuen oder lieber aus der Haut fahren sollte.

»Ja, zur Hochzeit. Für mein Baby ist mir doch nichts zu teuer.« Bettina streichelte Mara sanft über die Wange.

Die grinste unbeholfen und wich Christophs Blick aus.

»Das können wir nicht annehmen«, lehnte Christoph ab, doch insgeheim wusste er, dass es sowieso zu spät war.

»Doch, das könnt ihr«, versicherte Bettina. »So viel mussten dein Schwiegervater und ich gar nicht mehr drauflegen. Es ist ein Jahreswagen und euer alter Audi wurde in Zahlung genommen.«

Nun war er sich sicher: aus der Haut fahren. Bevor er allerdings etwas sagte, was er später bereuen würde, presste er sich die Faust an den Mund und atmete tief ein und aus.

»Wir haben uns gedacht, euer altes Auto wird sicher zu klein werden, wenn ihr bald eine Familie gründen wollt«, fuhr Bettina fort.

»Der Wagen war drei Jahre alt«, krächzte Christoph.

»Ich weiß, schließlich lief er auf unseren Namen«, erinnerte ihn seine Schwiegermutter an etwas, von dem er immer gewusst hatte, es würde ihm irgendwann auf die Füße fallen. Jetzt war es soweit.

Damals hatte er wochenlang mit sich gerungen, ob er das Angebot seiner Schwiegereltern annehmen sollte, und auf Maras Drängen hin letztendlich zugesagt. Der A4 war sein Traumauto, aber aufgrund seiner teuren Fortbildung einfach nicht im Budget gewesen.

»Ich war doch schon dabei, die Raten abzustottern«, erklärte er.

»Das hat sich ja nun erledigt. Der VW ist ein Geschenk.«

»Mama! Ich bin sprachlos«, meldete sich nun auch Mara wieder zu Wort und strich sich durch die schulterlangen roten Haare. »Das ist großartig. Christoph,

Schatz, wir brauchen doch sowieso irgendwann ein größeres Auto.«

»Meine Rede«, warf Bettina dazwischen.

»Aber du bist nicht einmal schwanger. Wir haben doch noch gar nicht darüber geredet, jetzt und sofort Kinder zu bekommen. Lass uns doch erst einmal heiraten.«

»Na ja, zu lange solltet ihr aber nicht mehr warten. Mara wird auch nicht jünger«, mahnte seine Schwiegermutter.

»Danke, Mama. Schön, dass du mich daran erinnerst.«

»Das ist ja nicht böse gemeint.«

»Sicher nicht«, meinte Christoph und rieb sich die Stirn. »Und der Kauf ist wirklich endgültig?«

»Natürlich! Ich mache doch keine halben Sachen.«

Er seufzte und schnappte sich die Schlüssel, mit denen Bettina vor seinem Gesicht herumwedelte.

»Na los, Kinder, folgt mir. Wir wollen Frau Gerber doch nicht warten lassen.«

Seine Schwiegermutter stieg in ihre Mercedes A-Klasse und trieb Christoph und Mara noch einmal mit einer Handbewegung zur Eile.

Er setzte sich hinters Steuer der Familienkutsche und inspizierte den Innenraum.

Schiebedach, Navigationsgerät, Ledersitze. Maras Eltern hatten sich wie immer nicht lumpen lassen.

Aber ein Sharan? Ohne ihr Einverständnis?

»Mara, so geht das nicht.«

»Was meinst du?«

»Dass deine Mutter uns einfach ein neues Auto kauft.«

»Es ist ein Hochzeitsgeschenk.«

»Erstens ein viel zu teures und zweitens eines, das wir uns nicht gewünscht haben.«

»Meine Eltern können sich das doch leisten. Wir sollten froh darüber sein.«

»Bin ich aber nicht. Was kommt als nächstes? Suchen sie ein Haus für uns aus?«

»Jetzt übertreib nicht.«

»Ich übertreibe ganz und gar nicht. Mara, im Ernst. Deine Mutter überspannt den Bogen allmählich. Wenn wir eine glückliche Ehe führen wollen, dann musst du sie zurückpfeifen.«

»Sie ist doch kein Hund.«

»Du weißt, was ich meine.«

Draußen hupte es. Die A-Klasse stand bereits in der entgegengesetzten Fahrtrichtung mitten auf der Straße.

»Wir sollten los«, lenkte Mara ab.

***

»Frau Gerber, dieser Raum ist perfekt«, entschied Bettina und drehte sich in dem großen, an zwei Wänden verspiegelten Saal einmal um die eigene Achse.

Hohe Fenster ließen viel Licht herein, machten das Ambiente hell und freundlich. Überall standen Tische mit edlen Stühlen daran, an einer Wand waren bereits einige Buffettische aufgebaut. Die schlichte Dekoration der eingedeckten Tafeln gab dem Salon eine exklusive Note. Der Kronleuchter bildete das Herzstück des Raumes und brachte das gesamte Arrangement zum Strahlen. Ebenso wie die Augen der Damen, die aus dem Staunen nicht mehr herauskamen.

»Dieser Saal ist etwas groß für fünfzehn Personen«, merkte Christoph an.

»Ich verstehe nicht«, sagte die Restaurantleiterin und starrte auf ihr Klemmbrett. »Ich habe mir dreißig Personen notiert.«

»Ähm, ja«, fuhr Mara dazwischen und lachte gekünstelt. »Meine Mutter und ich sind die Gästeliste noch einmal durchgegangen.«

»*Ihr* seid sie durchgegangen? Und was ist mit *mir*?«, fragte er.

»Christoph«, begann Bettina in ruhigem Ton. »Ich finde, meine Schwester Christine gehört unbedingt dazu. Als Kind hat Mara fast jeden Sommer bei ihr verbracht.«

»Eine Person mehr bekommen wir sicher in einem kleineren Raum unter.«

»Wenn wir Christine einladen, müssen wir aber Maras andere Tanten und Onkel auch einladen.«

»Wir?« Christophs Gelassenheit verabschiedete sich allmählich. Er strich sich über die Stirn. »Davon gibt es ungefähr fünfundneunzig!«

Mara lächelte unsicher. »Ich habe eine große Familie. Dafür kann ich doch auch nichts.«

»Die willst du doch aber nicht alle einladen!«

»Aber Christoph«, mischte sich Bettina erneut ein, »ihr könnt doch nicht die halbe Verwandtschaft von der Hochzeit ausschließen. Schließlich freuen sich alle so sehr, dass unsere Mara endlich heiratet.« Sie wandte sich an ihre Tochter. »Sieh mal, Liebling, dort drüben könnt ihr eine Tanzfläche einrichten.«

»Frau Gerber«, sagte Christoph, »steht nicht auch ein kleinerer Raum zur Verfügung? Wir wollten unsere standesamtliche Trauung so klein wie möglich halten, weil wir zusätzlich eine freie Trauung in Südafrika planen.«

»Oh, das ist ja wundervoll«, antwortete die Restaurantleiterin. »Allerdings ist der Salon *Wildbach* hier der einzige, der für Ihren Termin noch frei ist. Die Zeit ist leider etwas knapp.«

»Aber hier passen locker achtzig Personen rein.«

»Das ist doch perfekt«, fuhr Bettina dazwischen. »Dann hätten wir noch Luft für Maras Großonkel Friedrich. Den hatte ich bei der Planung ganz vergessen.«

»Bettina, nichts für ungut, aber warum planst *du* eigentlich unsere Hochzeit?«

»Du willst Friedrich nicht dabeihaben?«

»So habe ich das nicht gemeint!«

»Ach, Christoph. Mach dir keine Gedanken. Das wird so ein schönes Fest. Meine Kleine kommt endlich unter die Haube.« Bettina legte einen Arm um Maras Schultern und drückte sie fest an sich. Sie stieß einen zufriedenen Seufzer aus, und auch Mara wirkte glücklich.

Christoph schluckte schwer und wagte es nicht, die gute Stimmung der beiden Frauen zu zerstören. Die schwebten geradezu durch den Saal und platzierten die imaginären Gäste. Je mehr Stühle sie mit einem Namen besetzten, desto unbehaglicher schaute er dem Treiben zu.

»Frau Gerber?«, wandte er sich flüsternd an die Restaurantleiterin, die ihn strahlend ansah. »Ich hasse Sie!«

***

Auf der Straße vor dem Gebäude winkte Christoph mit einem aufgesetzten Grinsen der davonbrausenden A-Klasse hinterher und drehte sich gleich darauf zu Mara um. »Schatz, ist das wirklich dein Ernst? Dreißig Gäste?«

»Dreißig ... vierzig ... was macht das schon aus?«

»Vierzig?! Frau Gerber sagte, sie habe sich dreißig notiert.«

»Meine Mutter meint ...«

»Kannst du bitte deine Mutter aus dem Spiel lassen? Es geht doch um unsere Hochzeit.«

»Was hast du denn jetzt gegen meine Mutter?« Empört verschränkte Mara die Arme.

»Ich habe überhaupt nichts gegen deine Mutter! Aber ich möchte *dich* heiraten und nicht sie. Sie mischt sich sowieso schon viel zu oft in unsere Beziehung ein.«

»Was soll das jetzt schon wieder bedeuten?«

»Genau das, was ich gesagt habe. ›Wollt ihr nicht endlich heiraten? Wollt ihr nicht endlich Kinder haben? Wollt ihr nicht in ein Haus ziehen?‹ Das fragt sie ständig.«

»Sie meint es doch nicht böse!«

»Das weiß ich. Aber es geht sie nichts an. Genauso wenig wie unsere Hochzeit.«

»Na hör mal, sie ist schließlich meine Mutter!«

»Ja, und sie darf auch ihre Meinung haben und Ratschläge geben, aber du nickst alles ab, was sie sagt.«

Mara öffnete den Mund, zögerte jedoch einen Moment.

»Ich habe auch immer von einer großen Hochzeit geträumt«, sagte sie schließlich versöhnlicher und schaute Christoph treuherzig an.

»Die bekommst du ja auch. In Südafrika.«

»Dort sind doch auch nur die engste Familie und Freunde dabei.«

»Ich dachte *groß* im Sinne von *aufwendig*.«

»Christoph, versteh doch, ich habe vor, nur einmal zu heiraten ...«

»Na ja, eigentlich heiraten wir zweimal ...«

»... und die Hochzeit soll perfekt werden.«

»Aber ist sie das nicht auch im kleinen Rahmen? So, wie wir das ursprünglich angedacht hatten?«

»Wir hatten es *angedacht*. Aber inzwischen finde ich es viel schöner, wenn alle dabei sind, die wir mögen. Familie und Freunde sind doch das Wichtigste auf der Welt. Findest du nicht?«

»Doch, schon ...«

»Und alle möchten doch so gern teilhaben an unserem Glück. Schließlich hat es ziemlich lang gedauert, bis du ... ähm ... wir überhaupt soweit waren.«

»Du meinst also, je älter man wird, desto mehr Leute muss man einladen?«

Mara zuckte mit den Schultern und machte sich auf den Weg zum Auto.

»Hätte ich doch nur mit zwanzig schon geheiratet«, grummelte Christoph und folgte ihr.

»Der Zug ist wohl abgefahren«, flachste Mara über ihre Schulter hinweg. »Da hättest du mich vor fünfzehn Jahren schon fragen müssen.«

»Da kannten wir uns noch nicht einmal!«

Grinsend setzte sich Mara auf den Beifahrersitz. Christoph ließ sich resigniert hinters Lenkrad seines neuen Autos fallen und schloss für einen Moment die Augen.

»Du wirst es überleben«, prophezeite Mara und tätschelte ihm die Schulter. »Das wird eine grandiose Feier, und auch du wirst dich amüsieren. Glaub mir.«

»Bitte versprich mir nur eins.«

»Was denn?«

»Keine weiteren Gäste!«

Kapitel 2
Charlotte

»Meine Damen, es war mir ein Vergnügen«, sagte der Mann im teuren Anzug und reichte Charlotte und ihrer Chefin die Hand.

Durch das aufrichtige Lächeln und sein gepflegtes Äußeres machte er einen sympathischen Eindruck auf Charlotte.

Auch die anderen Herren um den großen ovalen Tisch im Besprechungsraum nickten den beiden Frauen freundlich zu.

»Das können wir nur erwidern«, flötete Charlottes Chefin. »Ich versichere Ihnen eine professionelle und zuverlässige Zusammenarbeit, wenn Sie sich für uns entscheiden, Herr Krümmling. Meine Mitarbeiterin Frau Peters wird alles wunderbar im Griff haben.« Sie deutete auf Charlotte und setzte ihr schönstes Akquisclächeln auf.

»Davon bin ich überzeugt.« Herr Krümmling zwinkerte Charlotte zu.

Sie meinte, einen Hauch von Spott auf seinem Gesicht auszumachen. Er hatte die Schleimscheißerei ihrer Chefin durchschaut, ohne Zweifel. Aber er war sicher auch lange genug Geschäftsmann, um zu wissen, dass Schleimscheißen in diesem Business zum Alltag gehörte.

»Frau Meyer wird Sie hinausbegleiten«, fuhr er fort. »Sie hören von uns, sobald eine Entscheidung gefallen ist.«

»Wir freuen uns außerordentlich darauf.«

Nicht übertreiben, dachte Charlotte. Für ihren Geschmack raspelte Constanze einfach zu viel Süßholz.

Sie verließen den steril eingerichteten Raum im fünfzehnten Stockwerk, und Frau Meyer, Krümmlings junge Sekretärin, wies ihnen den Weg zum Fahrstuhl.

Das Gebäude war äußerst modern ausgestattet, wirkte aber dennoch gemütlich. An jedem Fenster fanden sich große Blumentöpfe mit Palmen. Riesige Fotografien von atemberaubenden Landschaften aus der ganzen Welt schmückten die Wände. Aus einer Teeküche, an der sie vorbeiliefen, drang fröhliches Gelächter zu ihnen. Sogar die Eingangshalle mit den hochglänzenden schwarzen Fliesen wirkte dank bequemer Sitzecken einladend.

Als die beiden Frauen auf dem Vorplatz des großen gläsernen Gebäudes standen, hob Constanze die Hand zu einem High Five.

Nur widerwillig schlug Charlotte ein und kam sich dabei unheimlich dämlich vor.

»Constanze, findest du nicht, dass das etwas zu dick aufgetragen war?«

»Ach, mach dich mal locker! Viele Jungunternehmer besiegeln heutzutage ein Geschäft mit einem High Five«, erwiderte ihre Chefin und schnipste mit den Fingern in Richtung Straße.

»Erstens bezweifle ich das, zweitens meinte ich eigentlich deine Konversation mit Herrn Krümmling und drittens sind wir nicht in New York. Nimm den Arm runter! Hier wird kein Taxi anhalten.«

Nur Sekunden später fuhr tatsächlich ein beigefarbener Mercedes vor ihrer Nase an den Straßenrand, und Constanze schlüpfte mit einem Was-hast-du-gesagt?-Grinsen hinein.

Seufzend ließ sich Charlotte neben sie fallen und strich ihren engen Rock glatt.

»Münzstraße, bitte«, wies ihre Chefin den Taxifahrer an und wandte sich dann wieder ihr zu. »Charlotte, Liebes, du musst noch eine Menge lernen. Diese alten Säcke wollen doch von jungen hübschen Damen umgarnt und eingewickelt werden. Man muss ihnen nur genug Honig ums Maul schmieren, dann unterschreiben sie die verdammten Verträge schon.«

»Mir schien Herr Krümmling nun wirklich kein Lüstling zu sein. Er wirkte wie ein weltoffener, intelligenter und äußerst sympathischer Mann. Ich denke, allein mit Kompetenz, Ehrlichkeit und Persönlichkeit kommt man bei ihm weiter als mit den billigen Waffen einer Frau.«

»Was heißt hier billig? Dieser Hintern hat mich sechstausend Euro gekostet, ganz zu schweigen von den Brüsten.«

»Ich nahm immer an, dass wir in einer Unternehmensberatung arbeiten und nicht in einem Bordell! Wenn ich mich da täusche, muss ich mich schnell nach einem anderen Job umsehen.«

»Jetzt übertreib nicht. Nochmal, Charlotte, das ist das Business. Und wenn du demnächst Senior Consultant werden möchtest, solltest du das endlich verinnerlichen. Wir kämpfen um den Kunden mit allen Mitteln, die uns zur Verfügung stehen. Da haben leider die alten Wertvorstellungen keinen Platz. Letztendlich geht es nur um den

Umsatz. Ist schließlich beim Kunden nicht anders. Wenn du das nicht verstehst, bist du tatsächlich falsch bei uns. Ich dachte allerdings, dass du gerne für mich arbeitest.«

»Das tu ich auch ...«

»Dann stell dich nicht so an!«

»Mach ich nicht ...«

»Wunderbar. Dann wäre das ja geklärt. Lust auf einen Cosmopolitan? Zur Feier des Tages.« Constanze kramte einen Spiegel und einen Lippenstift aus ihrer Lederhandtasche und malte sich sorgfältig die Lippen nach.

»Herr Krümmling hat den Vertrag noch nicht unterschrieben.«

»Ich sag's dir, mit deiner Kompetenz und meiner Schleimscheißerei haben wir ihn an der Angel. Das wirst du schon schaffen. Herr Krümmling gehört jetzt dir.«

»Du weißt aber schon, dass ich in zweieinhalb Wochen nach Südafrika fliege?«

»Ach ja, diese Buschhochzeit. Wie lange dauert das nochmal?«

»Drei Wochen.«

»Meine Güte, wie kann man nur drei Wochen lang heiraten? Ich kapiere diesen ganzen Hype um das Thema Hochzeit sowieso nicht.«

»Mir geht es doch genauso, aber die Braut ist meine beste Freundin, und ich bin nun einmal ihre Trauzeugin. Außerdem heiraten sie keine drei Wochen lang. Das sind quasi die Flitterwochen im Voraus. Mit Safaris und Buschwanderungen und so.«

»Ich kann es mir immer noch nicht vorstellen, wie gerade du dich im Tarnoutfit durch Elefantenhaufen wühlst.« Constanze sah sie spöttisch an.

»Ich werde ganz sicher keine Elefantenscheiße anfassen. Und außerdem wird es nicht so spartanisch wie du vielleicht denkst. Wir haben für jede Nacht ausgesuchte Unterkünfte und machen kein Camping in der Wildnis.«

»Bist du dir da sicher? Nimm dir auf jeden Fall eine Familienpackung Desinfektionsmittel und genügend Medikamente gegen diese ganzen Krankheiten dort mit.«

»Alles schon besorgt. Ich bin bestens ausgerüstet.«

»Wie dem auch sei. Wenn du wegfliegst, sollte der Deal mit Krümmling unter Dach und Fach sein.«

»Ich bezweifle, dass er sich da unter Druck setzen lässt. Schließlich möchte er sich noch weitere Angebote einholen und Strategien ansehen.«

»Ich zähle auf dich, Charlotte. Du bist im Moment mein bestes Pferd im Stall. Beweis mir, dass ich mich nicht irre.«

»Ich versuch's«, seufzte Charlotte und lehnte sich im Sitz zurück. Wie, zum Teufel, sollte sie das Geschäft bis zu ihrem Urlaub abschließen? Der Kunde hatte laut Angebot einen Monat Zeit, sich zu entscheiden. Wenn sie Krümmling drängte, würde er abspringen, da war sie sich sicher. Und keinesfalls wollte sie sich auf ihre weiblichen Reize verlassen. Die würden ihr bei der Umsetzung des Auftrages ohnehin nichts nützen. Hier waren allein ihre Erfahrung und ihr Gespür für Personalplanung gefragt. Und wenn sie diese Umstrukturierung gut über die Bühne brachte, winkte bereits der nächste Auftrag, wie Krümmling angedeutet hatte. Das Unternehmen wollte wachsen und sämtliche Bereiche neu organisieren. Mit Fingerspitzengefühl bei den Vertragsverhandlungen würde sie mehr erreichen als mit den banalen Tricks von Constanze. Der Krümmling war doch nicht bescheuert. Nun musste sie nur noch ihrer unterschriftsüchtigen Chefin beibringen, dass es in diesem Kalenderjahr wohl keinen Abschluss mehr geben würde.

»Constanze? Den Cosmopolitan nehme ich dann doch ganz gern.«

Kapitel 3
Michaela

»Emelie, Maus, räumst du bitte deinen Teller in die Küche?« Sobald die Frage ausgesprochen war, ärgerte sich Michaela über sich selbst. Sie wollte doch nicht mehr fragen, sondern Aufforderungen formulieren. Die Antwort ihrer fünfjährigen Tochter kannte sie deshalb bereits.

»Nein!«, kam es erwartungsgemäß von dem kleinen blonden Mädchen.

Jens, Emelies Papa, hob die Augenbrauen.

»Das war keine Frage, sondern eine Bitte«, erläuterte Michaela. »Los! Sonst gibst du das neue Geschirr für deine Püppi gleich wieder bei Oma ab.«

Michaelas Mama nickte zur Bestätigung.

Nicht fragen, sondern auffordern!

Emelie stieß einen trotzigen Ton aus, schnappte sich ihren leeren Teller und brachte ihn in die Küche.

Es ist nur eine Phase! Sie will dich testen. Bleib ruhig! Nur eine Phase!

So süß die Kleine auch war, so sehr zerrte sie auch manchmal am Nervenkostüm ihrer Eltern. Sie war gerade in dem Alter, in dem sie ihre Grenzen kennenlernen wollte. Wenn man ihr die nicht zeigte, war es das mit der Autorität.

»Ich sage immer wieder, wir müssen strenger zu ihr sein«, mischte sich Jens ein.

»Ja, ich weiß, und ich bemühe mich. Dir passiert das auch ab und zu. Und außerdem ist sie doch meist niedlich frech und meint es nicht böse.«

»Ja, hast ja recht, aber wenn wir die Erziehung schleifen lassen, tanzt sie uns irgendwann auf der Nase herum.«

»Ich weiß«, wiederholte Michaela. »Mum? Bist du fertig mit dem Essen?« Sie streckte die Hand nach dem Teller aus.

»Ja, aber muss ich mein Geschirr nicht auch selbst wegräumen?« Ihre Mutter grinste.

»Du bist diese Woche Gast bei uns. Bleib bitte sitzen. Du hast schon genug in meinem Leben für mich getan.«

»Ach, dann bin ich ja froh, dass ich wenigstens mein Geschirr nicht in den Spüler sortieren muss.«

Michaela steckte ihrer Mutter die Zunge raus und stapelte Teller, Tassen und Besteck auf einem Tablett, während Jens seine Whiskey-Zeitschrift aufschlug und zu lesen begann. Emelie war längst ins Kinderzimmer verschwunden und spielte sicher mit den neuen Sachen, die Oma Helga ihr für die Püppi mitgebracht hatte.

»Hast du denn für die Hochzeit am Wochenende alles vorbereiten können?«, fragte Michaelas Mutter.

»Ja, ich denke schon. Die Blumen sind bestellt, und der Sektempfang wurde erst letzte Woche noch einmal bestätigt. Um alles andere haben sich Maras Mutter und Charlotte gekümmert.«

»Und wie geht es deiner Freundin so kurz vor der Trauung?«

»Sie ist ein einziges Nervenbündel. Obwohl sie so viele organisatorische Dinge aus der Hand gegeben hat, fällt ihr immer wieder etwas Neues ein, das noch geklärt werden muss. Charlotte ist vollkommen gestresst von Maras Allüren. Vor ein paar Wochen hat sie sogar noch die Gästeliste erweitert.«

Jens schaute skeptisch hinter der Zeitschrift hervor. »Nochmal? Bei wie vielen Personen sind sie denn jetzt?«

»Ich glaube, knapp sechzig. Maras Mutter ist ständig jemand Neues eingefallen. Charlotte weiß das aber genauer.«

»Die Frage ist doch, ob Christoph das weiß.«

»Ich vermute nicht. Er hat schon bei vierzig geschwitzt. Ich hoffe, er kommt damit klar. So leicht kann ihn ja eigentlich nichts schocken.«

»Wann ist es eigentlich bei euch so weit?«, warf Helga unvermittelt in die Runde.

Während Michaela schwer schluckte und laut mit dem Geschirr klapperte, verkroch sich Jens wieder hinter seiner Zeitung und ignorierte die Frage.

»Entschuldigung. Ich wusste ja nicht, dass ihr da immer noch nicht auf einem Nenner seid.«

»Mum! *Nenner* ist hier nicht das richtige Wort. Es geht doch nicht um eine nüchterne, praktische Entscheidung.«

»Okay, Themawechsel. Ist dein Kleid fürs Wochenende schon aufgebügelt? Ich könnte das machen.«

»Wie lieb von dir. Lässt du es gleich noch hinten aus? Oder ich darf den Rest der Woche nichts mehr essen.«

»So ein Quatsch! Es sieht sicher ganz hervorragend an dir aus.«

Jens lugte erneut hinter seiner Zeitschrift hervor.

»Sag jetzt ja nichts, du Hund!«, drohte Michaela mit erhobenem Zeigefinger.

»Ich liebe dich, wie du bist!«, konterte er unschuldig.

»Wie ich bin? Ach, wie bin ich denn?«

»Bezaubernd, Schatz. Und für diese Erkenntnis brauchen wir kein Attest vom Standesamt.«

Grummelnd schnappte sich Michaela das Tablett und verließ das Wohnzimmer.

Kapitel 4
Charlotte

Mara tänzelte nervös in dem kleinen Raum neben dem Trauzimmer herum. Abwechselnd stellte sie sich vor den Spiegel, prüfte den Sitz ihres Kleides, der Frisur und des Schleiers und flitzte dann wieder ans Fenster, um die Geschehnisse vor dem Standesamt zu beobachten.

»Sind schon alle da?«, fragte Charlotte, die ihre Freundin mit der Mascara verfolgte.

»Keine Ahnung, es sind zu viele.« Mara schob die Gardine weiter zur Seite.

»Dann komm jetzt endlich her! Du willst doch nicht, dass dich jemand sieht, bevor dich dein Bräutigam bewundern kann. Ich muss dich noch fertig schminken.«

Brav setzte sich Mara auf einen Stuhl und riss die Augen weit auf.

»Okay, bereit? Ab jetzt darfst du nicht mehr heulen.«

»Mache ich nicht. Kannst du mal nachsehen, ob Christoph schon angekommen ist?«

»Nein, kann ich nicht. Und jetzt halt endlich still!« Charlotte setzte die Bürste der Mascara an.

»Charly!«, schrie Mara.

»Was denn?«, quietschte Charlotte und rollte mit den Augen. Die Hälfte der Wimperntusche klebte an Maras Wange.

»Kannst du doch mal schauen, ob Christoph da ist? Ich glaube, ich habe ihn gehört.«

»Wie kannst du ihn hören?«, fragte Charlotte und begann, den fetten schwarzen Strich auf Maras Haut mit einem Tuch und Creme wegzutupfen.

»Ich glaube, gerade ist ein Auto gekommen.«

»Mein Gott! Was macht das für einen Unterschied, ob du weißt, dass er schon da ist?«

»Es beruhigt mich. Ich will nicht, dass er zu spät kommt. Er wollte doch tatsächlich über den Innenstadtring fahren, obwohl er weiß, dass da immer Stau ist.«

»Na, meinetwegen. Du bleibst sitzen! Und nimm die Finger von dem Tuch. Du wirst jetzt nicht an deiner Wange rubbeln!«

»Ja, ja, schon gut.«

Charlotte ging zum Fenster und lugte durch die Gardinen. Tatsächlich stand der neue VW auf einem der Parkplätze, doch Christoph saß noch auf dem Beifahrersitz, während sein Bruder Ben gerade auf der Fahrerseite ausstieg.

»Und?«

»Er ist da.«

»Gott sei Dank. Wie sieht er aus?«

»Ich sehe nicht viel von ihm, er sitzt noch im Wagen.«

»Warum?«

»Woher soll ich das denn wissen? Vielleicht hat er gerade festgestellt, dass du die halbe Stadt eingeladen hast.«

»Oh mein Gott! Sieht er wütend aus?« Mara stürzte zum Fenster und drängte sich neben Charlotte.

»Keine Ahnung. Das sehe ich doch nicht. Hey, pass auf dein Kleid auf!«

Aufgeregt spähte die Braut nach ihrem Zukünftigen und atmete ein paar Mal tief durch. »Er gewöhnt sich schon daran. Nach der Trauung ist das alles vergessen.« Sie setzte sich wieder auf ihren Stuhl und deutete auf das Fläschchen in Charlottes Hand. »Es geht gleich los. Jetzt mach! Wir müssen endlich fertig werden.«

»An mir soll es nicht liegen.«

Gewissenhaft tuschte Charlotte ihrer Freundin die Wimpern und begutachtete anschließend das Gesamtbild. Mara sah traumhaft schön aus in ihrem weißen langen Kleid, das ab der Hüfte ausgestellt war. Es fiel in mehreren Lagen bis zum Boden herab und endete in einer langen Schleppe. Charlotte war sich nicht sicher, ob es für die standesamtliche Trauung nicht auch ein schlichtes Etuikleid getan hätte, schließlich sollte in Südafrika noch einmal im langen weißen Kleid geheiratet werden. Aber diese erste, offizielle Hochzeit sprengte ohnehin jeden Rahmen, den die Freundinnen im Vorfeld besprochen hatten.

»Und? Wie sehe ich aus?«, fragte Mara mit einem unsicheren Lächeln.

»Wie Christophs Traumfrau.« Charlotte drückte ihre Hand und zupfte den Schleier zurecht.

»Siehst du bitte mal nach, ob es losgehen kann?«

»Sicher. Warte kurz.« Charlotte steckte erneut ihren Kopf durch die Gardinen und sah niemanden mehr vor dem Eingang stehen. Außer Christoph und Ben.

Der Bräutigam saß noch immer im Wagen und sein Trauzeuge sprach durch die geöffnete Seitenscheibe mit ihm.

»Was ist denn da los?«, entfuhr es ihr, doch sie bereute die unüberlegte Frage sofort.

»Stimmt etwas nicht?«, wollte Mara wissen und eilte erneut zu ihr ans Fenster.

Charlotte verzog den Mund. »Die reden.«

»Was haben die denn jetzt zu bequatschen? Was sagen sie?«

»Bin ich Lippenleser?«

So sehr Charlotte versuchte, sich zu konzentrieren, sie konnte einfach nicht ausmachen, um was es bei dem Gespräch draußen ging. Christoph konnte sie ohnehin nicht richtig erkennen, und Bens Gesicht wirkte ruhig. Ab und an nur zuckte er mit den Schultern oder schüttelte den Kopf.

»Was zum Henker erzählt er Christoph da? Charlotte, kannst du mal rausgehen und das klären?«

»Ähm, ja. Sicher.«

Hastig stieß sie die Tür zum Foyer auf und flitzte zum Eingang, doch sie konnte nur noch tatenlos mitansehen, wie Ben auf einmal wieder in den Wagen stieg und ihn mit quietschenden Reifen vom Parkplatz lenkte.

Wo wollten die hin? Das war doch jetzt ein Scherz!

Unschlüssig stand Charlotte einen Moment auf dem Treppenabsatz, als Mara schon neben ihr auftauchte. Geschockt sah sie ihrem Bräutigam hinterher und erstarrte. »Was ist los? Wo fahren die hin?«

»Ich weiß es nicht. Ich hatte keine Gelegenheit nachzufragen.«

Auch Bettina war zu ihnen geeilt und blickte in die Richtung, in die das Auto verschwunden war. »Es geht los. Wo will Christoph denn jetzt hin?«

Charlotte zuckte mit den Schultern.

Mit empörtem Gesicht holte Bettina ihr Handy aus der Handtasche, wählte eine Nummer und wartete. »Der hat mich weggedrückt!«

»Was?«, kreischte Mara. »Was hat das zu bedeuten?«

Ihr Gesicht wurde leichenblass, die Lippen zitterten, und aus ihrem Mund drangen undefinierbare Laute.

»Ich versuche es auch noch mal«, bot sich Charlotte an und bemühte ihrerseits ihr Telefon. Doch auch sie hörte nach kurzer Zeit nur das Besetztzeichen.

Das war nicht gut!

Langsam ließ sie ihre Hand sinken und schüttelte den Kopf.

Bettina wirkte ratlos, was nicht oft vorkam. Sie legte schützend einen Arm um ihre Tochter.

Charlotte spähte nach drinnen. Natürlich hatten die Gäste etwas mitbekommen und drehten verwundert die Köpfe. Michaela sagte etwas zu Jens und marschierte dann in Charlottes Richtung.

»Was ist denn passiert?«, flüsterte sie ihr zu.

»Ich habe keinen blassen Schimmer«, murmelte Charlotte.

»Ist Christoph wieder weggefahren?«

»Ja. Einfach so.«

»Vielleicht kommt er ja wieder.«

»Das glaubst du doch wohl selbst nicht.«

»Und dafür habe ich zwei Tage nichts gegessen und mich in dieses Kleid gezwängt?«, grummelte Michaela.

Charlotte ließ resigniert die Schultern hängen und stieß die Luft aus. »So war das jetzt nicht geplant!«

In diesem Moment sank Mara heulend auf den Boden. Charlotte und Michaela sahen sich schuldbewusst an und sausten zu ihrer Freundin.

Kapitel 5
Mara

Sie blinzelte in das grelle Sonnenlicht, das durch die halb geöffneten Jalousien drang, und drückte sich ein Kissen aufs Gesicht.

Das Wetter hatte an so einem beschissenen Tag nicht gut zu sein! Es war Dezember! Da hatte es zu schneien, zu stürmen oder zu regnen. Es sollten schließlich alle etwas von der Ungerechtigkeit des Lebens haben. Aber stattdessen schien diese vermaledeite Sonne, als wolle sie sie verspotten.

Mara pfefferte das Kissen in eine Ecke und kämpfte sich aus dem Bett. Gar nicht so einfach in einem ausladenden Hochzeitskleid.

Das Spiegelbild über der Kommode an der gegenüberliegenden Wand zeigte eine völlig zerstörte Frau, die Mara nicht kannte. Die roten Haare waren noch halb in der Hochsteckfrisur verschlungen, der Rest stand verfilzt vom Kopf ab. Die Augen waren rot gerändert, und die Ringe darunter zeugten von wenig und unruhigem Schlaf. Zudem hatte sie es für völlig überflüssig gehalten, sich abzuschminken. Eyeliner, Mascara und Lidschatten klebten zum Teil am Kopfkissen, das nun traurig in der Ecke lag, und zum anderen Teil an Maras Wangen.

Sie warf dem Spiegel noch einen missmutigen Blick zu und öffnete vorsichtig die Schlafzimmertür. Vielleicht war alles nur ein böser Traum gewesen. Vielleicht hatten Christoph und sie gestern wie geplant geheiratet und einen über den Durst getrunken. War doch durchaus möglich.

Fünf wunderbare Sekunden lang sonnte sich Mara in der Vorstellung, dass Christophs Flucht nur ihren Gedanken entsprungen und eigentlich alles gut war, bis sie im Wohnzimmer in drei erwartungsvolle Frauengesichter blickte.

»Mein armer Liebling!« Bettina schloss sie in die Arme und drückte sie fest an sich. »Das tut mir so leid. Wie geht es dir? Dieser Lump! Das hast du nicht verdient. *Er* hat dich nicht verdient! Mein armes Kind so bloßzustellen ...«

Doch kein böser Traum!

»Warum hat er das getan?«, fragte Mara in viel zu hohem Ton und konnte sich nicht mehr zurückhalten. Wieder sackte sie in den Armen ihrer Mutter zusammen und heulte wie ein Schlosshund. »Warum ist er abgehauen? Etwa, weil ich zwei Leute zu viel eingeladen habe? Das kann er doch nicht tun. Das ist doch kein Grund, jemanden am Hochzeitstag stehenzulassen! Ich kapier das einfach nicht.«

Michaela und Charlotte strichen ihrer Freundin liebevoll über den Rücken.

»Nein, *zwei* Leute zu viel sind sicher kein Grund«, setzte Charlotte an und bekam sogleich Michaelas Ellbogen in die Taille gestoßen.

»Christoph hat wahrscheinlich kalte Füße bekommen«, versuchte es nun Michaela. »Ich will das keinesfalls entschuldigen, aber ich kenne solche Typen, die sich einfach nicht entscheiden können.«

Ein heftiger Heulkrampf schüttelte Mara erneut.

»Ich denke, er war mit der Gesamtsituation unzufrieden«, sagte Charlotte und erntete wieder einen warnenden Blick von Michaela.

»Das ist doch Blödsinn«, empörte sich Bettina. »Die Gesamtsituation war großartig! Es war alles perfekt. Dem feinen Herrn hat irgendetwas nicht gepasst und schon verschwindet er einfach.«

»Was ihn genau geritten hat, kann nur er uns sagen«, sprach Charlotte weiter. »Oder Ben vielleicht. Ich glaube nicht, dass Christoph aus einer Laune heraus alles hinschmeißt. So ist er doch nicht.«

»Anscheinend schon!«

»Bettina, er liebt Mara doch.«

»Dann würde er so etwas aber nicht machen!«

»Leute!«, warf Mara erschrocken ein. »Wir haben eine verdammte Südafrikarundreise mit anschließender Trauung in Kapstadt organisiert!«

Plötzlich wurde es still, und Mara fühlte sich einer Ohnmacht nahe.

»Es ist alles umsonst! Für die Katz! Sinnlos!« Sie kämpfte sich aus der Umarmung ihrer Mutter frei und fing an, im Zimmer auf und ab zu gehen, bis Charlotte sie auf einen Barhocker an der Theke drückte, die das Wohnzimmer von der offenen Küche trennte, und ihr einen Kaffee vor die Nase stellte.

Dankbar nahm sie ihn an.

»Kann man die Reise nicht stornieren?«, fragte Bettina.

»So kurz vor dem Abflug? Den größten Teil müssen wir doch ohnehin zahlen. Wenn nicht sogar den ganzen Betrag.«

»Nur so als Idee«, schaltete sich Michaela ein. »Warum macht ihr die Reise nicht trotzdem? Als Ablenkung von dem ganzen Mist hier.«

»Ich soll mich von dem Mist hier ablenken, indem ich mit Christoph in die Flitterwochen fliege?«, krächzte Mara. »Niemals!«

»Doch nicht mit Christoph!«, entgegnete Charlotte. »Michaela meint sicher, dass wir allein fliegen sollen. Außerdem bezweifle ich stark, dass dein fahnenflüchtiger Ex-Bräutigam mitkommen würde.«

»Du meinst, dass wir einen Verzweiflungsmädelsurlaub daraus machen sollen?«

»Mara, Liebling, die Idee ist wunderbar! Dann könntest du abschalten und dir überlegen, was du tun möchtest. Hier in eurer gemeinsamen Wohnung ist das unmöglich. Da hast du nicht genügend Abstand.«

»Ich weiß nicht ...«

»Möchtest du wirklich so viel Geld in den Wind blasen? Ich habe mich schon so auf die Reise gefreut«, bekräftigte Charlotte.

»Wirklich? Du sagtest, wenn dir ein Elefant zu nahe kommt, säbelst du ihm die Stoßzähne ab und verkaufst sie auf dem Schwarzmarkt.«

»Hab ich das? So ein Quatsch. Das ist doch verboten!«

»Und dann wolltest du einem Löwenbaby das Fell über die Ohren ziehen.«

»Papperlapapp! Wenn es dir hilft, Abstand von der Scheiße hier zu bekommen, dann mache ich das gern für dich, Mara. Ganz nebenbei brauche ich dringend eine Pause von Constanze. Die Frau raubt mir den letzten Nerv. Gestern schlug sie vor, ich solle mit meinem neuesten Klienten einen freundschaftlichen Drink nehmen, um schneller an seine Unterschrift zu kommen. Die benimmt sich wie eine Puffmutter!«

»Dann solltet ihr Kinder gemeinsam Urlaub machen«, riet Bettina. »Und Michaela, du solltest gleich mitfliegen. Es ist ja nun ein Platz freigeworden.«

»Was? Ich?« Michaela sah erschrocken in die Runde und schüttelte den Kopf.

»Ja! Warum nicht? Das ist eine tolle Idee«, bestätigte Charlotte.

»Nein, das geht nicht! Was ist mit Emelie?«

»Ich dachte, sie hat einen Vater.«

»Ja, natürlich. Aber sie ist doch noch so klein.«

»Stillst du noch?«

»Was? Sie ist fünf! Blödsinn.«

»Dann gibt es nichts, was Jens ihr nicht auch bieten könnte.«

»Aber sie braucht auch ihre Mutter.«

»Mein Gott, du sollst ja nicht Zigaretten holen gehen und nie wiederkommen. Drei Wochen wird dich das Kind doch entbehren können.«

»Michaela, denk doch mal nach. Du hast die Chance, nach Südafrika zu fliegen«, drängelte nun auch Mara.

»Ähm ... Jens, Emelie und ich wollten doch sowieso fliegen ... nach Kapstadt ... zu eurer ... ach verdammt!«

»Die Feier!« Mara verzweifelte immer mehr. »Oh Gott! Alle sind eingeladen. Alle Flüge sind gebucht. Die Gäste! Sie werden uns töten!« Mit einem lauten Klirren stellte Mara ihre Kaffeetasse auf den Tresen, sodass alle zusammenzuckten.

»Wenn, mein Liebling, sollen sie Christoph töten. Er ist doch an allem schuld!«, meinte ihre Mutter.

Eine fantastische Idee! Mit Mistgabeln sollten sie ihn durch die Wüste treiben!

»Dann machen wir das Beste draus und feiern eine Wir-hassen-Christoph-Party«, schlug Charlotte vor und lächelte schief.

Das wiederum war *keine* gute Idee. Die Hälfte der eingeladenen Verwandtschaft und Freunde gehörte zu ihm. Mara konnte doch nicht mit denen feiern! »Wir müssen die Gäste ausladen. *Er* muss die Gäste ausladen! Oder? Das ist doch jetzt seine Sache.«

»Würde ich so sagen«, bestätigte Charlotte.

»Kannst du das klären? Ich kann nicht mit ihm reden!«

»Sicher.«

»Hey«, empörte sich Michaela. »Auch wir können die Flüge nach Kapstadt nicht stornieren! Die haben uns insgesamt zweitausendfünfhundert Euro gekostet. Und was ist mit den Zimmern in der Lodge? Wir hatten einen Urlaub dort geplant.«

Mara sprang auf, rannte um den Tresen herum und bestückte hektisch den Spüler mit dreckigem Geschirr. Ihre Hände wischte sie immer wieder an ihrem Brautkleid ab. War ja jetzt auch egal.

»Das ist doch alles Scheiße!«, kreischte sie.

»Kind!«

»Das ist nicht mein Problem! Darum muss er sich kümmern. Michaela, du kannst ja mit Jens und Emelie nach Kapstadt fliegen, dort Urlaub machen, und meinetwegen feiern wir eine Wir-hassen-Christoph-Party, aber nicht mit seiner Familie. Das geht nicht. Die können nicht kommen. Charly, stellst du das klar?«

»Sagte ich doch. Ich schlage vor, Michaela schläft eine Nacht darüber, ob sie mitkommen möchte, und wir entscheiden morgen. Aber eine Frage habe ich noch: Was ist eigentlich mit Ben? Er sollte als Trauzeuge schließlich auch mitkommen. Ich kann mir aber nicht vorstellen, dass er ohne seinen Bruder fliegen wird.«

»Ich will weder mit Christoph sprechen, noch mit seinem dämlichen Bruder. Charly, mach du das bitte! Ich habe keinen Nerv dafür.«

»Natürlich, kein Problem. Ich sage ihm, dass er bleiben soll, wo der Pfeffer wächst. Dann könnten wir überlegen, ob wir vielleicht noch deine Freundin Monique fragen, ob sie einspringen möchte.«

»Mir egal. Hauptsache nicht Christoph und Ben!«

Kapitel 6
Charlotte

Die Abflughalle war voll von Menschen, die sich verabschiedeten oder zu ihrem Gate hetzten. Charlotte hatte jedoch niemanden, dem sie auf Wiedersehen sagen konnte, und beobachtete deshalb in aller Seelenruhe abwechselnd ihre manikürten Fingernägel und ihre Freundinnen.

Die hatten weitaus mehr zu tun. Michaela herzte gerade ausgiebig ihre Kleine, und Charlotte sah ihr an, dass es ihr alles andere als leichtfiel, sie zu verabschieden. Tapfer schluckte sie die Tränen hinunter und küsste ihre Tochter unaufhörlich auf den Kopf. Emelie schien verwirrt und fing langsam an, sich gegen die offenbar unerwarteten Liebesbekundungen ihrer Mama zu wehren. Ihr war sicher nicht klar, dass sie sie die nächsten drei Wochen nicht sehen würde.

Helga stand daneben und schaute ihre Tochter und ihre Enkelin mit gefühlvollem Blick an.

»Mama, bringst du mir etwas mit?«, fragte Emelie und streichelte dabei über Michaelas Wange.

»Ja, natürlich, Maus! Aber Papa und du, ihr fliegt auch in den Urlaub, zu mir. Da sehen wir uns dann wieder.«

»In Kapstadt?«

»Ja, richtig. Das hast du dir gemerkt?«

»Ich bin doch schon fünf!«

»So ein großes Mädchen.«

»Mami, ich hab dich lieb.«

»Ich dich auch, mein Schatz.«

»Michaela?«, unterbrach Charlotte das Gespräch mit leiser Stimme. »Ich will euch nicht drängen, aber es wird Zeit. Wir sollten langsam in den Transitbereich.«

»Ja, okay. Sag das aber auch Mara. Die klebt auch noch an ihrer Mutter fest.«

Nicht nur Maras Wangen waren feucht vom vielen Weinen – was sicher nicht ausschließlich dem Abschied von ihren Eltern geschuldet war – auch Bettina hatte ein paar Tränen verdrückt.

Charlotte rollte mit den Augen. Das war ja nicht zum Aushalten! Sie wollten doch nicht auswandern, sondern nur ein paar Tage auf Rundreise gehen. Bevor ihr noch eine Stichelei über die Lippen huschte, zückte sie ihr Handy und checkte lieber noch einmal ihre Nachrichten.

Constanze hatte geschrieben: *Charlotte, da Herrn Krümmlings Unterschrift weiterhin auf dem Vertrag fehlt, erwarte ich, dass du die Verhandlungen von Kenia aus weiterführst. Bleib bitte erreichbar. Ach, und schönen Urlaub.*

Hätte sie doch nur nicht auf ihr Telefon geschaut. Ihre Laune sank auf den Nullpunkt.

Kenia? Die Frau hörte einfach nicht zu. Und klar, der Urlaub würde sicher wunderschön und vor allem erholsam und entspannend werden, wenn Charlotte den Kunden weiterhin um ein Autogramm anbettelte.

Schnaubend warf sie das Telefon in ihre Handtasche, ohne eine Antwort zu schreiben.

Inzwischen hatte sich Mara von ihrer Mutter losgeeist und ihren Vater gedrückt, und auch Michaela war aufgestanden, um Helga noch einmal zu umarmen. Dann schulterten beide Freundinnen ihre Rucksäcke und schienen bereit für den Flug.

»Sollten wir nicht noch auf Ben warten?«, fragte Michaela zaghaft.

»Wenn es nach mir ginge, würde er gar nicht mitkommen«, grummelte Mara.

»Sorry.« Charlotte verzog schuldbewusst das Gesicht. »Dieser Sturkopf war um keinen Preis davon abzubringen. Ich hab's versucht. Tatsächlich wollte er nicht einmal Geld haben.«

»Du wolltest ihn wirklich bestechen?«, fragte Michaela ungläubig. »Mit Geld?«

»Also, meinen Körper hätte ich dafür nicht hergegeben!«

»Du Pappnase!«

»Wie dem auch sei. Wir müssen ihn wohl leider ertragen.« Charlotte seufzte, winkte dem Abschiedskomitee und dirigierte ihre Freundinnen zur Passkontrolle.

»Also nicht warten?«, fragte Michaela noch einmal nach. »Vielleicht anrufen?«

»Pfff«, machte Charlotte. »Er soll selbst zusehen, dass er den Flieger erwischt. Wir werden ihm nicht dabei helfen.«

»Meinetwegen«, lenkte Michaela ein und übergab ihren Pass an den Zollbeamten.

Nach einer gefühlten Ewigkeit im Wartebereich wurde endlich ihr Flug nach Dubai aufgerufen. Von dort aus sollte es ein paar Stunden später weitergehen nach Johannesburg.

Von Ben fehlte jedoch weiterhin jede Spur.

»Ob er einen Unfall hatte?«, sorgte sich Michaela.

»Ach, Blödsinn. Der hat sicher wieder nur verschlafen. Einen geregelten Tagesablauf kennt der Mann doch nicht«, entgegnete Charlotte.

»Mir wäre es nur recht, wenn er den Flug verpasst«, schaltete sich Mara ein.

Die Menschentraube schob sich immer weiter auf den Ausgang zur Fluggastbrücke zu. Selbst als die Freundinnen bereits ihr Handgepäck in den Fächern verstaut hatten und auf ihren Sitzen im Flugzeug Platz nahmen, tauchte der Trauzeuge nicht auf.

»Puh, ich hatte wirklich angenommen, ich müsse Ben die ganze Rundreise ertragen«, meinte Mara.

»Vielleicht hat er es sich kurzfristig anders überlegt«, mutmaßte Charlotte. »Es ist ja auch dämlich, mit drei Frauen in den Urlaub zu fliegen, die einen nicht dabeihaben wollen.« Sie schloss den Gurt und kontrollierte noch einmal ihr Handy. Keine weitere Nachricht von Constanze. Zum Glück!

Im Lautsprecher der Kabine knackte es, dann erklang eine freundliche Frauenstimme: »Meine Damen und Herren, herzlich willkommen an Bord. Bitte nehmen Sie Platz, wir starten in Kürze mit den Sicherheitsinstruktionen. Bis dahin warten wir noch auf unseren letzten Fluggast.«

Meinte sie etwa Ben? Charlotte stieß einen genervten Laut aus. Zu früh gefreut. War ja klar, dass dieser Kerl wieder unangenehm auffiel.

Als eine Flugbegleiterin an ihr vorbeilief, hielt sie sie auf. »Können wir nicht ohne diesen Fluggast starten? Den braucht wirklich kein Mensch.«

»Es tut mir leid, aber der Herr hat bereits sein Gepäck aufgegeben, also müssen wir warten. Setzen Sie sich, und ich bringe Ihnen etwas zum Trinken. Was darf es denn sein?«

»Haben Sie Sekt?«

»Selbstverständlich. Einen Moment bitte.«

»Ach, können meine zwei Freundinnen bitte auch einen bekommen?«

»Natürlich.« Die Flugbegleiterin lächelte freundlich und verschwand nach hinten in die Bordküche, während Charlotte es sich im Sitz bequem machte.

In der Reihe vor ihr hatten Mara und Michaela Platz genommen und spähten nun nach hinten.

»Wir bekommen einen Begrüßungssekt?«, fragte Michaela entzückt nach.

»Klasse Airline. Man muss nur etwas herummeckern, schon fließt der Alkohol«, bestätigte Charlotte und holte ihre Schreibmappe aus der Handtasche.

»Willst du etwa arbeiten?«, wollte Mara wissen. »Ich dachte, wir sind ab jetzt im Mädelsurlaub. Ihr müsst mich gefälligst ablenken.«

»Den Flug über ist Michaela dafür zuständig. Erstens muss ich dringend diese Notizen aus meinem letzten Kundengespräch auswerten, zweitens wird gleich ein Mann neben mir sitzen, mit dem ich kein Wort wechseln will, und drittens habt ihr schließlich darauf bestanden, die korrekten Platzierungen auf den Tickets einzuhalten. Also sitze ich hier und ihr da vorne.«

»Du müsstest laut Ticket aber am Fenster sitzen«, stellte Mara fest.

Charlotte seufzte. »Ich fühle mich am Gang ganz wohl.«

»Sollte das Flugzeug abstürzen, kann man aber leichter identifiziert werden, wenn man auf dem richtigen Platz sitzt.«

»Keine Sorge, sollte sich abzeichnen, dass wir hopsgehen, setze ich mich noch schnell ans Fenster.«

»Eigentlich möchte ich nicht abstürzen«, warf Michaela nachdenklich ein. »Ich wäre tierisch sauer auf euch, weil ihr mich dazu gezwungen habt, jetzt und nicht erst in zwei Wochen nach Südafrika zu fliegen. Es wäre also eure Schuld.«

Neben ihnen tauchte plötzlich die Flugbegleiterin mit drei Bechern Sekt auf und verteilte sie an alle.

»Bitte entschuldigen Sie die Wartezeit«, sagte sie und schob sich weiter durch den Gang nach vorn, um die anderen Fluggäste zu beruhigen.

»Zum Wohl!« Charlotte prostete ihren Freundinnen zu. »Auf dass wir heil in Johannesburg ankommen und einen schönen Urlaub haben.«

»Mal im Ernst«, hakte Mara ein. »Wenn wir wirklich abstürzen, hätte mein Elend wenigstens ein Ende.«

»Aber ich habe noch ein paar Ziele im Leben«, erklärte Charlotte. »Und dazu gehört nicht, in einem Flugzeugwrack irgendwo im afrikanischen Urwald zu verrecken. Jetzt trink einen Schluck Sekt und vergiss den ganzen Mist für ein paar Tage.«

Seufzend setzte Mara ihren Becher an die Lippen und kippte das Prickelwasser in einem Zug hinunter.

Mit großen Augen schauten Michaela und Charlotte ihr dabei zu.

»Respekt«, lobte Charlotte und nippte ihrerseits am Getränk. »Das kann ja richtig spaßig werden.«

Im Flugzeug herrschte plötzlich Unruhe. Die Passagiere redeten wild durcheinander und fingen sogar an zu klatschen und zu johlen.

Charlotte blickte nach vorn. »Ach, seht mal, wer sich die Ehre gibt.«

Ben schlenderte in aller Seelenruhe den Gang entlang und deutete hier und da eine Verbeugung an. Mit den verstrubbelten braunen Haaren und dem Drei-Tage-Bart sah er tatsächlich so aus, als wäre er gerade aus dem Bett gefallen. Er schien sich keinerlei Schuld bewusst zu sein. Nein, sein Zuspätkommen war ihm offensichtlich völlig wurscht. Grinsend blieb er vor ihr stehen.

»Na, zu lange nach einem Kamm gesucht?«, stichelte Charlotte.

»Wird auch langsam Zeit«, legte Mara nach. »Zuverlässigkeit scheint keine Stärke deiner Familie zu sein.«

»Macht euch mal locker. Afrika rennt nicht weg«, beschwichtigte er sie und quetschte seinen Rucksack in die Gepäckablage über ihren Köpfen.

Grummelnd setzte sich Mara zurück in ihren Sitz und legte den Sicherheitsgurt an.

»Wegen dir haben wir schon zehn Minuten Verspätung«, ermahnte ihn Charlotte.

»Immer noch im Rahmen des akademischen Viertels. Ich hab ja nicht umsonst ein Studium gemacht. Übrigens sitzt du auf meinem Platz«, belehrte er sie mit einem Blick auf sein Ticket.

»Gott, fängst du auch noch an. Ich möchte lieber am Gang sitzen.«

»Von mir aus, ich mag den Fensterplatz ohnehin lieber.« Er zuckte mit den Schultern und stieg schwungvoll über Charlotte hinweg, die eilig ihre Schreibunterlagen in Sicherheit brachte.

»Aber ich muss öfter aufs Klo, wenn ich Bier trinke«, warnte er sie vor.

»Du willst dich hier im Flieger mit Bier volllaufen lassen?«

»Ihr macht das Gleiche mit Sekt. Wo ist der Unterschied?«

»Ich lasse mich nicht volllaufen.«

»Ich auch nicht. Das hast du gesagt. Ich möchte nur mit einem leckeren Gerstensaft auf den Urlaub anstoßen.«

»Mit wem?« Charlotte zog eine Augenbraue nach oben.

»Mit dir anscheinend nicht«, bemerkte Ben. »Hör mal, ich weiß, dass ihr mich nicht dabeihaben wollt ...«

»Da hast du verdammt recht.«

»... aber ich möchte mir unbedingt Sudafrika ansehen. Ich freue mich seit Monaten auf diese Reise. Und wenn du nicht mit mir anstoßen willst, dann finde ich schon jemand anderen. Das Leben ist zu kurz, um so verbissen zu sein.«

»Dir ist aber schon klar, dass dein Bruder gerade meine beste Freundin vor dem Traualtar hat stehen lassen«, flüsterte sie ihm verärgert zu. »Da du das Fluchtauto geführt hast, dürfen sie und ich sehr wohl ein kleines bisschen verbissen sein!«

»Ich bin nicht für meinen Bruder verantwortlich, sondern habe ihm nur beigestanden. Und jetzt Ruhe bitte, ich möchte mir die Sicherheitshinweise anhören.«

Irritiert sah sie ihn an.

War das sein Ernst? Oder verschaukelte er sie nur?

Tatsächlich blickte er interessiert nach vorn auf die hübsche Flugbegleiterin, die anfing, ihre Einweisung mit grazilen Bewegungen zu begleiten.

Daher wehte der Wind. Wie typisch für Ben.

Charlotte rollte mit den Augen und widmete sich wieder ihren Notizen.

Kapitel 7
Mara

Völlig übermüdet schlurfte Mara hinter den anderen die Gangway entlang. Sie hatte während des Fluges nach Johannesburg kein Auge zugemacht. Charlotte zwar auch nicht – die hatte permanent etwas in ihr Mäppchen gekritzelt, ihren Taschenrechner malträtiert oder in Dubai telefoniert – aber die sah aus wie das blühende Leben. Kein einziges ihrer langen blonden Haare hatte sich aus dem strengen Zopf gestohlen, und das Make-up saß genauso perfekt wie ihre hübschen engen Jeans.

Wie machte sie das bloß?

Mara selbst fühlte sich wie ausgekotzt. Sie wollte gar nicht wissen, wie zerstört ihre Frisur gerade war oder wo die Mascara schon wieder klebte. Aber das war ohnehin alles egal. Ihre Hochzeit war geplatzt. Für wen sollte sie sich also noch schönmachen?

Auf dem Weg zur Gepäckausgabe empfing sie ein lebensgroßer Elefant, der Werbung für einen Likör machte. Der hätte Christoph gefallen. Er liebte diesen Fusel.

Mara holte ihre Kamera heraus und machte ein Bild davon.

Aber wofür eigentlich? Sie würde es Christoph ohnehin nicht zeigen. Also löschte sie die Aufnahme wieder.

»Seht mal«, rief Ben aus. »Der *Amarula*-Elefant. Den mag Christoph doch so sehr.« Er hielt sein Handy darauf und tippte auf den Auslöser.

Maras böser Blick interessierte ihn gar nicht, er lief weiter mit einem fetten Grinsen im Gesicht durch die Halle. Blöder Arsch!

Auch ihre Freundinnen betrachteten fasziniert ihre Umgebung, doch sie selbst konnte den afrikanischen Souvenirshops und den langen bunten Gewändern mancher Leute hier im Moment nichts abgewinnen.

Sie folgte der Gruppe zur Gepäckausgabe und ließ sich auf einer Bank nieder.

»Wie lange dauert es, bis unsere Taschen da sind?«, fragte sie gähnend.

»Kann sich ein wenig ziehen, es sind wohl gerade einige Maschinen gelandet«, informierte sie Ben.

Charlotte hielt sich bereits das Telefon ans Ohr und sprach offensichtlich mit einem Kunden.

Nach einem kurzen Gespräch mit ihrer Mutter über die komfortablen Flüge, das exquisite Essen an Bord und den gigantischen Flughafen in Dubai, konnte Mara ihre Augen nicht mehr offenhalten.

»Okay, weckt mich, wenn das Gepäck da ist.« Sie rutschte in ihrem Sitz nach unten, verschränkte die Arme und schloss die Augen. Vielleicht würde ein Powernap sie wieder fit machen.

Einige Zeit später rüttelte jemand unsanft an Maras Schulter. Nur widerwillig schlug sie die Augen auf und blickte in Michaelas aufgeregtes Gesicht.

»Alles in Ordnung?«, murmelte Mara.

»Mein Rucksack ist verschwunden!«

»Welcher Rucksack?«

»Na der mit meinen ganzen Klamotten drin, mit Schuhen, Zahnbürste ... einfach allem!«

Augenblicklich war Mara wach und sprang auf. Um sie herum war das gesamte Gepäck der Gruppe gestapelt, nur Michaelas olivgrüner Trekkingrucksack fehlte.

»Hat ihn dir jemand geklaut?«

»Nein, er ist auf dem Flug verlorengegangen.«

»Wie kann das denn passieren?«

»Also, das passiert sogar öfter«, schaltete sich Ben ein. »Mir sogar schon dreimal.«

»Das hilft auch nicht, du Klugscheißer«, schimpfte Charlotte.

»Habt ihr euch schon bei der Airline erkundigt?«, fragte Mara weiter.

»Charlotte und ich waren an der Information, beim Lost-and-Found-Schalter, wir haben alle gefragt, die wir finden konnten. Nichts!«

»Warum habt ihr mich denn nicht geweckt? Ich hätte euch doch helfen können.«

»Das hätte doch auch nichts geandert. Wir wollten nicht gleich die Pferde scheu machen. Vielleicht wäre er ja wieder aufgetaucht.«

»Und jetzt?«, wollte Mara wissen.

»Alles Scheiße«, jammerte Michaela. »Er ist weg. Die haben unsere Adresse in der Lodge notiert und rufen mich an, sobald er auftaucht. Wir sollen nun erst mal in die Unterkunft fahren.«

»Wir beginnen morgen mit der Rundreise. Schaffen die es bis dahin, das Gepäck zu finden?«

Resigniert ließ Michaela die Schultern hängen und machte ein mitleiderregendes Gesicht. »Ich hoffe es.«

»Du bekommst Schadenersatz und kannst dir erst mal neue Klamotten kaufen, wenn du etwas brauchst«, sagte Ben. »Die Airline erstattet dir das.«

»Es sind aber auch einige Dinge im Rucksack, die man nicht ersetzen kann. Zum Beispiel ein Pullover, den mir Jens schon vor Jahren geschenkt hat. Oder eine selbstbemalte Tasse von Emelie, aus der ich jeden Morgen auf der Reise meinen Kaffee trinken sollte.«

»Tut mir so leid, Michaela.« Charlotte strich ihr sanft über die Schulter. »Wir müssen uns aber nun bei unserer Reiseleitung einfinden, sonst fahren alle noch ohne uns zur Lodge.«

Michaela seufzte. »Zum Glück habe ich mein Amulett um den Hals gemacht. Eigentlich wollte ich es in meine Waschtasche packen.« Sie griff nach ihrer silbernen Halskette mit einem Anhänger, auf dem der Name und das Geburtsdatum ihrer Tochter eingraviert waren.

Charlotte, Mara und Ben setzten ihre Rucksäcke auf und gingen voraus, während Michaela lediglich mit Handgepäck hinter ihnen her trottete.

In der großen Halle entdeckte Mara einen Mann mit goldblonden, lässig gestylten Haaren und einem Schild in der Hand, auf dem das Logo ihres Reiseveranstalters abgebildet war. Sie steuerte auf ihn zu.

Charlotte blieb direkt vor ihm stehen und musterte ihn auffällig.

Grinsend streckte der Mann die Hand aus. »Hallo, ich bin Mike, ihr gehört sicher zu meiner Reisegruppe.«

»Charlotte Peters, freut mich. Wenn du uns den Kruger Nationalpark, den indischen Ozean und Kapstadt zeigen willst, dann sind wir dabei.«

Einen Moment sahen sich die beiden in die Augen, als gäbe es keine weiteren Menschen um sie herum.

Ob Mara vielleicht einen Eimer besorgen sollte? Charlotte fing bestimmt gleich an zu sabbern.

Okay, der Typ sah ganz nett aus, war groß – etwa eins neunzig, schätzte Mara – hatte eine sportliche Figur und ein echt charmantes Lächeln, aber auf Äußerlichkeiten gab sie ohnehin nichts mehr. Dieser Mike war sicher genau wie alle anderen Kerle.

»Unter anderem«, bestätigte er und begrüßte nun auch Mara, Ben und Michaela. »Schön, dass ihr da seid. Mit euch sind wir dann komplett und können zur Lodge nach Northcliff fahren. Ein paar der Mitreisenden sind schon dort. Hier entlang, bitte.«

Mike bedeutete der kleinen Gruppe, ihm zu folgen und dirigierte sie nach draußen zu einem Bus, in dem alle ihr Gepäck verstauten. Dann setzte er sich selbst hinters Steuer und chauffierte sie durch den dichten Verkehr zu ihrer ersten Unterkunft.

Auf den Straßen herrschte das gleiche Chaos, wie Mara es aus München gewohnt war, nur dass die Autos sehr viel rustikaler waren und hier alle links fuhren.

Wie verwirrend.

Erst nach einer Dreiviertelstunde waren sie endlich am Ziel.

Es war angenehm warm in den südafrikanischen Nachmittagsstunden. Jetzt, Ende Dezember, begann der Sommer. Sicher würde es ungewohnt sein, Weihnachten und Silvester in der warmen Jahreszeit zu feiern.

Mike parkte den Bus auf dem Vorplatz der Lodge.

Das Anwesen bestand aus mehreren Gebäuden, die teilweise aus Natursteinen gemauert und mit einem Dach aus Schilfrohr eingedeckt waren. Die restliche Fassade war hellgelb gestrichen. Überall auf dem Grundstück standen hohe Palmen, und hier und da waren Pflanzen in Tontöpfen verteilt. Nur die Gitter vor den Fenstern im Erdgeschoss sahen nicht sonderlich einladend aus.

»Herzlich willkommen in Südafrika«, sagte Mike, während er den Urlaubern aus dem Kleinbus half. »Ich habe hier schon eure Zimmerschlüssel. Stellt eure Taschen ab, und in einer Stunde treffen wir uns in der Bar im Hauptgebäude.«

Nachdem alle ihr Rucksäcke ausgeladen hatten, nahm Charlotte zwei Schlüssel entgegen und blickte ihre Freunde fragend an. »Öhm ... wie machen wir das jetzt?«

»Nun ja, eigentlich solltest du bei mir schlafen«, überlegte Mara. »Und Ben sollte sich mit Christoph ein Zimmer teilen.«

Ihre Blicke wanderten zu Michaela, die mit ihren Gedanken woanders zu sein schien.

»Was?«, fragte sie. »Die Zimmer?«

»Ja, wie wollen wir sie aufteilen? Daran hatten wir gar nicht gedacht.«

»Also, ihr könnt vergessen, dass ich mir mit dem ein Zimmer teile.« Verächtlich nickte Mara in Bens Richtung.

Er seufzte. »Nochmal, ich kann nichts dafür, dass Christoph dich hat sitzenlassen.«

»*Du* bist gefahren!«

»Ich habe ihn aber nicht dazu angestiftet. Mach mich nicht dafür verantwortlich! Vielleicht solltest du dir mal Gedanken machen, wie es soweit kommen konnte.«

»Was soll das denn jetzt bedeuten?« Mara stemmte empört die Hände in die Hüften.

»Hey!«, unterbrach Charlotte sie. »Wir sind uns wohl einig, dass Ben und Mara *nicht* zusammen ein Zimmer beziehen.«

»Ich gehe zu Mara«, platzte Michaela hervor. »Wie soll ich denn Jens erklären, dass ich mit einem fremden Kerl in einem Bett schlafe?«

»Was er nicht weiß, macht ihn nicht heiß«, flachste Ben und grinste anzüglich. »Außerdem kennst du mich schon ein paar Jahre.«

»Blödmann! Ausgeschlossen. Jens würde sicher eifersüchtig werden.«

»Wollt ihr jetzt damit sagen, dass ich mit dem in ein Zimmer muss?« Charlotte deutete mit dem Daumen auf Ben und sah Mara und Michaela gequält an.

»Reißt euch bloß nicht so um mich«, bemerkte Ben. »Ihr tut ja gerade so, als hätte ich Malaria.«

»Wenn's nur das wäre ...«, zischte Mara.

»Schon gut«, lenkte Charlotte ein. »Ich beuge mich meinem Schicksal. Euch ist aber klar, dass ich etwas gut habe bei euch.« Sie gab Mara einen Schlüssel, wuchtete ihren Rucksack über die Schulter und stapfte zu einem Nebengebäude, auf das Mike sie verwiesen hatte.

Zum Glück hatte sich Charlotte so schnell breitschlagen lassen. Nur über ihre Leiche hätte sich Mara mit Ben ein Zimmer geteilt. Welche Rolle er bei Christophs

Flucht nun wirklich gespielt hatte, wusste sie zwar noch immer nicht, aber es war schlimm genug, dass er ihm geholfen hatte. Das konnte sie ihm nicht so einfach verzeihen.

Kapitel 8
Charlotte

Charlotte schloss die Tür mit der Nummer 14 auf und entdeckte einen Schlafraum mit getrennten Betten.

Puh ... wenigstens das.

Besonders einladend wirkte der spartanisch eingerichtete Raum allerdings nicht. Die Wände schmückten keine Bilder, wie Charlotte es erwartet hätte. Sie waren in nüchternem Weiß gestrichen. Der sandfarbene Teppich hatte auch schon bessere Tage gesehen, und die Vorhänge am Fenster hätten mal wieder eine Wäsche vertragen können.

»Man fühlt sich ja richtig willkommen in eurer Runde«, motzte Ben hinter ihr.

»Hast du etwas anderes erwartet?«, fragte sie und bugsierte ihren schweren Rucksack auf das hintere Bett.

»Ich hätte mir denken können, dass ihr Weiber euren Frust an mir auslasst.«

»Möchtest du von mir bemitleidet werden? Dein Bruder hat Mara sehr verletzt. Und du hast ihm geholfen. Wir haben dir ja angeboten, die Reise an eine Freundin abzutreten, aber du wolltest unbedingt mit. Nun musst du damit leben.«

»Okay, dann bin ich eben der Sündenbock für Mara. Das halte ich aus. Aber was, zum Teufel, habe ich *dir* getan?«

Charlotte zuckte mit den Schultern. »Ich kann dich einfach nicht leiden.« Sie begann, ihre Kosmetikartikel aus der Tasche in das kleine Bad zu räumen. Die dunklen Fliesen an der Wand ließen den Raum düster wirken, und das Holz rund um das Waschbecken sah aus, als hätte es jemand angenagt.

Zum Glück würden sie nur für eine Nacht hierbleiben.

»Danke für deine Aufrichtigkeit«, meinte Ben mit einem Hauch Ironie in der Stimme. »Warum eigentlich nicht? Ich bin total umgänglich.«

Schnaubend stellte sich Charlotte in den Rahmen der Badtür und verschränkte die Arme. »Du bist unzuverlässig, sprunghaft, chaotisch, respektlos, unanständig und hast keine Ziele im Leben.«

»Oha, du hast ja eine hohe Meinung von mir.«

»Das ist nur das, was ich die letzten Jahre so erleben durfte.«

»Wir sind uns selten begegnet. Ich war viel unterwegs.«

»Siehst du? Sprunghaft, chaotisch, keine Ziele.«

»Mein Ziel ist das Leben. Ich möchte so viel wie möglich von der Welt sehen und alles genießen, was kommt.«

»Siehst du? Unanständig.« Charlotte ging zurück ins Bad und reihte Zahnpasta, Schminktäschchen, Haarspray, Nagellack und diverse Cremes auf der Ablage über dem Waschbecken auf.

»Warum unanständig?«, rief Ben ihr hinterher.

»Ich weiß, wie du dein Leben *genießt*«, erwiderte sie und betonte das letzte Wort besonders sorgfältig.

»Ach ja? Dann klär mich mal auf. Es klingt nämlich gerade so, als ob ich nichts anbrennen lasse. Allerdings frage ich mich, woher du das hast, und noch mehr frage ich mich, ob dich das wirklich etwas angeht.«

Sie drehte sich zu Ben um, der in der Tür zum Bad stand und sie abschätzend beobachtete.

Charlotte seufzte. »Du hast vollkommen recht. Es geht mich nichts an. Einigen wir uns einfach darauf, dass wir nicht auf einer Wellenlänge sind. Ich habe keine Lust, mich die gesamte Rundreise mit dir zu streiten.«

»Ich habe den Krieg nicht angefangen, also soll es an mir nicht liegen. Friede?« Ben streckte die Hand aus.

Charlotte kniff die Augen zusammen und überlegte. Fiel sie ihrer Freundin vielleicht in den Rücken, wenn sie mit Ben einen Waffenstillstand schließen würde? Wäre es nicht Verrat, sich mit ihm zu vertragen? Aber immerhin musste *sie* sich mit ihm die gesamten zweieinhalb Wochen ein Zimmer in den verschiedenen Lodges teilen. Dass die Schlafplätze noch einmal neu ausgeknobelt würden, bezweifelte sie. Ihre Freundinnen hatten sie regelrecht dazu gezwungen, bei Ben zu übernachten. Also mussten sie nun auch den Kompromiss eingehen, dass Charlotte ihm die Hand reichte.

Sie schlug ein.

»Okay, Friede. Ich versuche, mich herauszuhalten, aber sollte es wieder Zoff zwischen Mara und dir geben, stehe ich voll und ganz hinter meiner Freundin. Das muss dir klar sein.«

»Glasklar.«

Charlotte schob sich an ihm vorbei, um frische Klamotten für den morgigen Tag aus ihrem Rucksack zu kramen.

Nachdem sie fertig war, stemmte sie zufrieden die Hände in die Hüfte. »So, nun entschuldige mich. Ich möchte mich ein wenig draußen umsehen und Geld holen.«

»Allein?«

»Was dagegen?«

»Nicht grundsätzlich. Nur sollte man als Frau in der Dämmerung in Johannesburg vielleicht nicht allein zum Geldautomaten. Ich begleite dich.«

Da könnte er durchaus recht haben. Südafrika war nicht gerade für seine sicheren Großstädte bekannt.

»Wenn's sein muss.« Sie zuckte mit den Schultern, schnappte sich ihre Handtasche und verließ das Zimmer. Ben folgte ihr.

Auf der Straße vor der Lodge war es ruhig, kaum ein Mensch war zu sehen. Alle Anwesen in der Nähe waren von Mauern oder Zäunen umgeben. Viele Toreinfahrten wurden von Kameras überwacht. Die Gehwege, Grünflächen und die hohen Palmen, die die Straßen säumten, sahen gepflegt aus. Die Gegend gehörte sicher zu den besseren in Johannesburg, denn auf dem Weg vom Flughafen hatte Charlotte ganz andere Bilder gesehen. Überall Graffitis, zerfallende Gebäude und Müll auf den Straßen. Hier jedoch schien die Welt noch in Ordnung zu sein.

»Sag mal, Ben«, unterbrach sie die Stille, »kannst du mich jetzt mal aufklären, was am Hochzeitstag passiert ist? Warum bist du mit Christoph abgehauen?«

»Endlich fragt mal jemand, statt mir Vorwürfe zu machen.«

»Du musst zugeben, dass es komisch aussah. Kurz vor der Trauung flüchtet ihr gemeinsam. Ist doch logisch, dass alle annehmen, du hättest deine Finger im Spiel. Zumal wir alle wissen, dass Mara und du nicht besonders gut miteinander auskommt. Also, was war denn los?«

»Hat dir Mara erzählt, dass ihre Mutter sein geliebtes Auto gegen ein anderes eingetauscht hat?«

»Ja.«

»So etwas tut man nicht. Ihre Mutter hat sich einmal zu viel eingemischt. Obwohl mit Mara vereinbart war, dass die Gästeliste nicht noch einmal erweitert wird, waren zur Hochzeit mindestens dreißig Personen mehr da. Er hat die Konsequenzen gezogen.«

»Etwas hart, findest du nicht?«

»Er hat Panik bekommen. Er dachte, das wird so weitergehen. Immerhin hatte er Mara gewarnt, und dennoch hat sie sich nicht gegen ihre Mutter durchgesetzt.«

»Aber musste das denn wirklich am Hochzeitstag sein? War er sich nicht im Klaren darüber, dass er damit die komplette Beziehung zerstört?«

»Das war eine Kurzschlussreaktion.«

»Du hättest ihn als Bruder und Trauzeuge vor diesem dummen Fehler bewahren müssen.«

»Nein, ich bin dafür da, ihm den Rücken zu stärken und ihn in seinen Entscheidungen zu unterstützen.«

»Die besten Entscheidungen triffst du aber sonst auch nicht.«

Er stöhnte genervt. »Versuchst du schon wieder, meinen Lebensstil zu analysieren? Ich dachte, wir sprechen gerade von Christoph.«

»Besser nicht. Das führt nur wieder zu Streit. Ich bin nämlich völlig anderer Meinung als du.«

»Dein gutes Recht.«

»Wahrscheinlich ist es besser, gar nicht mehr miteinander zu reden. Dann besteht die Chance, dass wir beide den Urlaub überleben.«

***

In den Aufenthaltsräumen der Lodge herrschte reger Betrieb. Der Speiseraum war voll besetzt, und in der Bar genehmigten sich die ersten Touristen einen Drink.

Der Tresen und der Fußboden waren in dunklen Farben gehalten, die Wände mit Zebramuster und bunten Malereien verziert. Endlich etwas afrikanisches Flair!

Eine Sitzgruppe aus verschiedenen Sofas war bereits von einigen Leuten belegt, unter denen Charlotte Mike, den Reiseleiter der Südafrikatour, entdeckte. Sie begrüßte Mara, Michaela und Ben, die sich auch schon im Haupthaus eingefunden hatten.

»Dann sind wir ja endlich vollzählig«, begann Mike und zückte sein Klemmbrett mit einigen Zetteln darauf.

»Entschuldigung, ich musste noch telefonieren«, sagte Charlotte kleinlaut und setzte sich auf die Lehne eines Sofas.

»Geschäftlich?«, flüsterte Michaela ihr zu.

»Ja, ein Kunde. Was soll ich machen? Meine Chefin will Einsatz sehen, trotz Urlaub.«

»Ist das nicht verboten oder so etwas?«

»Glaube schon, aber ich will meine Beförderung. Die steht mir rechtlich leider *nicht* zu.«

»Verstehe.«

Mike räusperte sich. »Ich spreche zwar auch Deutsch, da aber noch andere Nationalitäten vertreten sind, belassen wir es bei Englisch als offizieller Gruppensprache, einverstanden?«

Alle nickten.

»Sehr gut«, fuhr er fort. »Ich freue mich, dass alle heil in Johannesburg angekommen sind – oder besser Joburg, wie die Südafrikaner sagen. Wie ich hörte, ist das Gepäck allerdings nicht vollzählig.« Er nickte in Michaelas Richtung. »Wir sprechen im Anschluss nochmal darüber. Ich sehe zu, dass wir das bald klären können. Zunächst möchte ich mich aber vorstellen: Ich bin Mike, gebürtiger Namibier, wohne auch noch in der Hauptstadt Windhoek, bin aber die meiste Zeit in Südafrika, um die Rundreisen zu begleiten. Eine große Vorstellungsrunde werden wir morgen an unserem ersten Zielort machen. Es geht um sechs Uhr dreißig in der Früh los. Seid also bitte alle pünktlich. Wir müssen vorher noch das Gepäck im Truck verstauen und frühstücken. Unser morgiges Reiseziel wird die Bush Lodge sein, in der wir zwei Nächte bleiben.«

Im Anschluss klärte er die Gruppe über Verhaltensregeln in Südafrika, die Tierwelt im Land und typische Krankheiten auf und gab ihnen einen kurzen Überblick, was sie neben der Bush Lodge noch erwarten würde.

Aufmerksam folgte Charlotte seinen Ausführungen. Seine Stimme war angenehm warm und sanft. Stundenlang hätte sie ihm zuhören können. Er konnte sicher viele Geschichten von seinen Reisen erzählen.

»Habt ihr bis hierhin noch irgendwelche Fragen?«, beendete Mike seinen Monolog.

Charlotte meldete sich wie in der Schule, und nahm beschämt den Arm wieder herunter, als Ben sie mit einem Grinsen ansah. Sie räusperte sich »Ähm, du sagtest, wir fahren durch malariagefährdete Gebiete. Welche sind das genau? Ich habe so ein Moskitospray. Reicht das aus?«

Was für eine geistreiche Frage! Doch Charlotte hätte auch nach dem Weg zur Toilette gefragt, nur um seiner Stimme zu lauschen.

»Hluhluwe und der Kruger Nationalpark sind solche Gebiete. Moskitospray ist gut. Lange Kleidung schützt euch zusätzlich. Grundsätzlich solltet ihr auf einem Game Walk, also einer Buschwanderung, immer lange Hosen und einen Kopfschutz tragen. Abends dann auch eine Jacke oder ein Langarmshirt.«

»Wird das nicht zu warm?«, wollte sie wissen.

»Nein, abends ist es jetzt im Frühsommer noch kühl. Wenn wir in der Wüste Silvester feiern, könnte es auch frisch werden.«

»Wirklich? Ich dachte, in der Wüste ist es heiß.«

Was für ein bescheuertes Gespräch! Aber hey! – Er unterhielt sich mit ihr.

»In der Karoo eher selten. Aktuell liegen die Temperaturen dort nachts im einstelligen Bereich. Ist tatsächlich etwas ungewöhnlich, aber dieses Jahr spielt das Wetter nicht zum ersten Mal verrückt.«

»Ist ja echt spannend. Haben wir denn viel Regen oder Unwetter zu erwarten?«

»Nein, grundsätzlich ist es schön warm und eher trocken. An der Dolphin Coast und in Durban könnt ihr wahrscheinlich auch schwimmen gehen. Aber es wird kein Bade- und Relax-Urlaub, das ist klar.« Mike grinste Charlotte an.

Wollte er ihr unterstellen, dass sie das erwartet hätte? Sah sie so sehr nach Großstadttussi aus?

Sie betrachtete ihre rotlackierten Fingernägel. Auch die Zehen trugen dieselbe Farbe. Das Haar war – wie immer – zu einem strengen Pferdeschwanz nach hinten gekämmt, und natürlich hatte sie sich nach dem Flug frisches Make-up aufgelegt.

Vielleicht sollte sie die Kosmetikbehandlungen ab sofort etwas zurückfahren.

»Das weiß ich«, erwiderte sie beleidigt. »Ich habe vor, ein Löwenbaby zu streicheln.«

Einen Moment sah er sie irritiert an und klatschte dann in die Hände. »Ähm ... okay. Sonst noch ernsthafte Fragen?«

»Welches Bier kannst du empfehlen?«, fragte Ben.

Charlotte schüttelte den Kopf, während Mike lachte. »Ich bestelle uns mal eins. Dann kannst du sagen, ob du es magst. Möchte noch jemand?«

Ein Mann mittleren Alters aus Deutschland meldete sich. Natürlich. Aber auch der Holländer und der Mann aus Norwegen hoben die Hände.

»Wollen wir einen Wein trinken?«, fragte Charlotte ihre Freundinnen.

Drei Gläser später stolperte Charlotte leicht beschwipst in ihr Zimmer und legte sich aufs Bett. Wenn sie die Augen schloss, drehte sich alles, also setzte sie sich hastig wieder auf.

Keine gute Idee!

Das war ja noch schlimmer. Hoffentlich wurde ihr jetzt nicht auch noch schlecht, denn das Bad war gerade besetzt. Sie hörte Ben duschen. Zumindest hoffte sie, dass es Ben war und sie nicht das falsche Zimmer erwischt hatte.

Plötzlich klingelte Charlottes Handy.

Wer zur Hölle rief um diese Uhrzeit noch an?

Ein Blick auf das Display bestätigte ihren Verdacht – ihre Chefin.

Mist! Sie hatte ihr noch gar nicht auf die Nachricht geantwortet, die sie in Deutschland erreicht hatte.

Charlotte überlegte. *Wenn ich jetzt nicht rangehe, geht sie mir morgen wieder auf den Zeiger. Klären wir das lieber jetzt! – Nur nicht betrunken klingen.*

»Hallo?« So sehr sie sich bemühte, es gelang ihr nicht, ein Kichern zu unterdrücken.

»Charlotte? Kannst du mich hören?«

»Constanze? Ja, leider … äh, sicher. Leider hatte ich vorher keinen Empfang.« Sie hielt sich eine Hand vor den Mund.

Tief durchatmen und nicht lachen!

»Ah, okay. Aber meine Nachricht hast du nun bekommen?«

»Jepp.«

»Hast du sie auch gelesen?«

»Jepp.«

»Ich habe Herrn Krümmling deinen Anruf angekündigt, um eventuelle Fragen zu klären.«

Charlotte seufzte. »Der Mann wird sich schon melden, wenn er was wissen will.«

»Es gehört nicht zu unserer Firmenphilosophie, zu warten, bis der Kunde auf *uns* zukommt, Charlotte! Wir müssen immer präsent sein. Sonst hat sich in der Zwischenzeit die Konkurrenz gekümmert.«

»Ganz locker. Der Krümmling weiß, dass ich nicht da bin«, nuschelte sie. Sie war stolz auf sich, dass sie es geschafft hatte, ein paar zusammenhängende Worte von sich zu geben.

»Sag mal, bist du betrunken?«

»Jepp.«

Hat wohl doch nicht so gut geklappt.

»Reiß dich zusammen, Charlotte! Herr Krümmling ist ein wichtiger Kunde.«

»Ich will ihn ja nicht *jetzt* zurückrufen! Die entscheiden das sowieso erst nach meiner Rückkehr. Wie gesagt, ganz locker.«

Die Tür vom Badezimmer öffnete sich, und eine Nebelwolke aus heißem Wasserdampf entwich in den Schlafraum. Ben tauchte aus dem Dunst heraus und trug nichts als ein winziges Handtuch um die Hüften. Die wuscheligen Haare hatte er nur notdürftig trockengerubbelt.

Wortlos glotzte Charlotte ihm hinterher, wie er zu seinem Bett schlenderte, mit dem Rücken zu ihr das Handtuch fallen ließ und unter die Bettdecke schlüpfte.

Das war jetzt ein Scherz, oder?

»Charlotte? Bist du noch dran?«

»Ähm ... was?« Sie schluckte. Hatte ihre Chefin etwas gefragt? Sie hatte nichts mitbekommen.

»Ich sagte, dass das für mich keine Rolle spielt.«

»Wie bitte? Was meinst du?« Charlotte legte eine Hand auf das Mikro des Telefons und zischte Ben entgegen: »Was, zum Teufel, soll das?«

Der sah sie nur frech grinsend an. »Wie bitte? Was meinst du?«

»Na ... dein Aufzug! Das ist völlig unangemessen!«

»Charlotte?«, brüllte Constanze ins Telefon.

»Was?«

»Hörst du mir eigentlich zu?«

Ben wandte sich von ihr ab und machte es sich auf der Seite bequem. Dass seine Decke dabei verrutschte und einen Teil seines nackten Hinterns entblößte, schien ihn nicht im Geringsten zu stören.

»Himmelherrgott nochmal!«, fluchte Charlotte leise.

Der Anblick war wie ein Unfall – man konnte einfach nicht wegsehen.

»Was ist denn bei dir los?«, machte Constanze erneut auf sich aufmerksam.

»Entschuldige, ich muss hier etwas klären. Bis später.« Sie drückte auf den roten Hörer und warf ihr Telefon auf den Nachttisch. »Ben!«

Er drehte sich wieder zu ihr. »Was ist denn mit meinem Aufzug?«

»Kannst du dir nicht etwas anziehen? «

»Wieso? Macht dich das nervös?« Seine Stimme klang amüsiert.

»Deine Provokationen kannst du dir sparen. Die machen mich ganz und gar nicht nervös.«

»Dann ist ja gut. Ich schlafe nämlich immer nackt.«

»Du bist nun aber nicht allein im Zimmer. Wir kennen uns kaum, und ich will das wirklich nicht sehen.«

»Du sollst ja auch schlafen. Wir fahren morgen sehr früh los. Aber wenn es dich glücklich macht ...« Er quälte sich aus dem Bett, lief, wie Gott ihn geschaffen hatte, zu seiner Tasche, kramte in aller Seelenruhe Boxershorts heraus und zog sie sich über.

»Herzlichen Dank«, sagte Charlotte, schnappte sich ihrerseits ihre Schlafsachen und ging zur Badezimmertür. Im Türrahmen drehte sie sich noch einmal um. »Das war übrigens ein sehr wichtiges Telefonat, das ich wegen dir abgebrochen habe. Es geht hier um meine Karriere.«

»Wegen mir hättest du doch nicht auflegen müssen. Außerdem bist du in Afrika. Wie kann man da nur an die Karriere denken?«

»Nicht jeder kann und will sich ein Leben lang auf Mama und Papa verlassen. Ich kann es mir nicht leisten, in den Tag hineinzuleben, sondern möchte etwas aus meinem Leben machen.«

»Aber das Leben besteht nicht nur aus Arbeit.«

»Da hast du recht. Aber es besteht auch nicht nur aus Herumgammeln und Partys.«

»Okay.« Ben hob die Hände und sah sie versöhnlich an. »Keine gemeinsame Wellenlänge. Wir wollten doch nicht mehr darüber diskutieren.«

»Dann hör auf, mich zu provozieren.«

»Na hör mal, deine Reizschwelle ist aber auch extrem niedrig.«

»Lass es!«, warnte Charlotte noch einmal und ließ die Badezimmertür hinter sich ins Schloss fallen.

***

Überpünktlich stand Charlotte mit gepacktem Rucksack auf dem Vorplatz der Lodge. Allerdings hatte sich bisher noch kein anderer ihrer Reisegruppe hierher verirrt.

Die Sonne blinzelte bereits durch die Baumwipfel und zauberte ein detailliertes Spiel aus Licht und Schatten auf den feinen Kiesboden. Selbst um diese frühe Morgenstunde hatte die Sonne eine Kraft, wie Charlotte sie nur aus dem deutschen Hochsommer kannte.

Vor dem Anwesen war es ruhig. Wie am Abend zuvor waren die Straßen menschenleer. Nur vereinzelt fuhren Autos vorbei und unterbrachen den herrlichen Gesang der Vögel in den Bäumen.

Aus dem Hauptgebäude aber hörte Charlotte schon das Stimmengewirr aus unzähligen verschiedenen Sprachen und das Klappern von Geschirr. Ihr Magen knurrte, und ihr fiel ein, dass ihr Abendessen gestern lediglich aus drei Gläsern afrikanischen Weißweins bestanden hatte. Dafür hatte sie sagenhaft gut geschlafen – trotz Bens frivolem Auftritt in ihrem Zimmer.

Endlich erschien auch Mike im Hof und steuerte direkt einen großen weiß-grünen Truck an. Das Führerhaus erinnerte an einen Lastwagen, wohingegen der Fahrgastraum wie der eines Busses aussah. Die großen Fenster auf beiden Seiten ließen sicher einen guten Blick nach draußen zu, wenn sie mit dem Fahrzeug die wunderschönen Landschaften und Nationalparks erkundeten.

Unter den Fenstern befanden sich auf beiden Seiten mehrere Klappen, in denen vermutlich das Gepäck verstaut wurde.

»Guten Morgen«, sagte Mike fröhlich und grinste Charlotte an. »Gut geschlafen?«

»Fantastisch.«

Der Mann sah frisch aus dem Bett gefallen wirklich zum Anbeißen aus. Die blonden Haare trug er wieder lässig verwuschelt in Kombination mit einem sympathischen Lächeln, das Charlotte unwillkürlich erwiderte. Verstohlen musterte sie ihn von oben bis unten. Sein muskulöser Körper war ihr gestern schon aufgefallen, und auf die natürlich gebräunte Haut war sie ohnehin neidisch. Sie selbst konnte lediglich eine dezente Kellerbräune vorweisen.

»Freut mich«, meinte er und sperrte den Truck auf. »Soll ich dir bei deinem Rucksack helfen? Der sieht echt ... riesig aus. Und schwer.«

»Ja, das ist er. Danke.«

Mike klappte an der hinteren Tür zum Fahrgastraum ein paar Stufen nach unten und nahm Charlotte den Rucksack ab.

»Ich dachte, das Gepäck kommt unten hinein?«, fragte sie.

»Nein, unten im Truck befindet sich eine mobile Küche und auf der anderen Seite ist Stauraum für den anderen Krempel, den wir auf der Reise brauchen.«

»Aha. Und was brauchen wir alles?«

»Klappstühle zum Beispiel. Und Gewehre, um uns vor wilden Tieren zu schützen.«

»Was?«, kreischte Charlotte und sah ihn entgeistert an. Er grinste. »War ein Spaß. Klappstühle brauchen wir nicht.«

Sie stemmte ihre Hände in die Hüfte. Der Kerl nahm sie doch auf den Arm.

Lachend stieg er die Stufen nach oben und wuchtete den Rucksack in den Innenraum. Charlotte folgte ihm.

Im Heck des Trucks befanden sich einige Spinde in drei Reihen übereinander. Im Bereich davor sah Charlotte vier Sitzreihen mit jeweils zwei Sitzen auf beiden Seiten der Fenster und dazwischen einen schmalen Gang. In der Front war noch einmal eine Fensterscheibe über dem Führerhaus eingelassen, sodass man auch nach vorn einen schönen Ausblick hatte.

»Ich muss gucken, ob der überhaupt hier reinpasst«, bemerkte Mike und kratzte sich am Kopf.

Das Fach des geöffneten Spinds in der Mitte sah tatsächlich etwas klein aus. Oder war der Rucksack einfach zu groß? Nein, eindeutig war das Fach zu klein.

Vorsichtig schob Mike das Gepäckstück hinein, stieß aber bald an die Rückwand. So ging die Tür nicht zu.

»Sind da Sachen drin, die kaputtgehen können?«, fragte er mit einem Blick auf Charlotte.

»Öhm, nein. Eigentlich nicht.«

Mit voller Wucht stemmte sich Mike gegen den Rucksack, versuchte, ihn weiter hinein zu quetschen, doch das Ding passte einfach nicht.

»Könntest du ein paar Sachen umpacken? In einen kleinen Wanderrucksack vielleicht?«

»Den hab ich dabei, klar.«

»Perfekt.«

Gemeinsam zerrten sie das Monstrum wieder heraus und legten es auf dem Boden vor den Spinden ab.

»Pack du mal um, ich kontrolliere den Truck«, sagte Mike und hangelte sich wieder nach draußen.

Wie grässlich. Jetzt musste sie die fein säuberlich sortierte Tasche wieder ausräumen und neu packen. Dabei hatte doch alles so wunderbar gepasst. Charlotte parkte ein paar Tüten und Kleiderstapel auf den zwei hinteren Sitzen und zerrte den kleinen Wanderrucksack heraus.

Dort stopfte sie so viele Sachen wie möglich hinein und stellte ihn beiseite. Dabei übersah sie eine Tüte, die nun dummerweise die paar Stufen hinunter aus dem Truck auf den Hof purzelte.

»So ein Mist!«, jammerte sie und stand auf.

Als sie realisierte, welchen Inhalt die vermaledeite Tüte auf dem Platz verteilt hatte, wollte sie am liebsten sofort und ohne Zwischenstopp in den Kruger Park fahren und sich einem Rudel Löwen zum Fraß vorwerfen.

Blitzschnell sprang sie aus dem Truck und stürzte sich auf ihre ausgebrochene Unterwäsche, aber es war zu spät. Mike hatte sie bemerkt und sah amüsiert in ihre Richtung. Und nun kam er auch noch grinsend auf sie zu und hockte sich neben sie.

»Du musst nicht gleich deine Höschen wegwerfen. Dafür finde ich auch noch einen Platz«, scherzte er.

»Haha«, machte Charlotte und begann, ihre Dessous zusammenzuklauben. »Amüsier dich ruhig. Pass aber auf, dass ich dich bei einem Game Walk nicht in einen Elefantenhaufen schubse.«

»Also, das kann mich nun wirklich nicht schocken ... hm ... interessante Farbgebung.«

»Fass meine Sachen nicht an«, schimpfte sie und entriss seinen Fingern einen schwarzen Slip mit roter Spitze daran.

»Hey, das kann doch jedem mal passieren. Okay, nicht jedem.«

»Hör schon auf. Das ist echt peinlich genug.«

»Keine Panik. Deine Unterwäsche bleibt unter uns.«

»Um Gottes Willen. Die bleibt höchstens unter meinen Klamotten.«

»Na, wenigstens hast du deinen Humor nicht verloren.« Er zwinkerte ihr zu und schob sie dann samt gefüllter Tüte zurück in den Truck, denn einige andere aus der Gruppe verließen gerade das Haus.

Flink verstaute Charlotte die restlichen Sachen in dem großen Rucksack, rollte den nun leeren Bereich zusammen und stopfte ihn in das vorgesehene Fach. Diesmal passte er hinein. Zum Glück.

Auf dem Vorplatz hatten sich nun das norwegische Paar, die Belgierin, die vier Niederländer, die zwei anderen Deutschen und eine Frau aus Australien eingefunden. Charlotte entdeckte auch Mara und Michaela, die in diesem Moment ihre Zimmertür hinter sich schlossen. Michaela telefonierte.

Nur Ben ließ sich nicht blicken. Was für eine Überraschung!

»Wie lange wird das dauern?«, hörte Charlotte Michaela fragen.

»Der Kundenservice der Airline«, informierte Mara sie.

Charlotte nickte und lauschte weiter.

»Aber dann bin ich nicht mehr vor Ort. Wir fahren heute in eine Bush Lodge im Balule Game Reserve ... Zwei Nächte ... Dann fahren wir nach Hazyview ... Ja, kann ich Ihnen detailliert schicken ... Okay, danke schön.« Michaela legte auf.

»Was denn, der Rucksack ist noch nicht aufgetaucht?«

»Nein, sie verfolgen diesen komischen Code auf dem Etikett zurück. Er ist wohl in Dubai in ein falsches Flugzeug geraten und macht nun Strandurlaub auf den Malediven«, antwortete ihre Freundin verbittert. »Dann werde ich mal einkaufen gehen. Hier in der Lodge gibt es einen gut sortierten Shop. Da finde ich sicher die nötigsten Sachen für den Anfang. Braucht ihr noch irgendetwas?«

»Sollen wir nicht mitkommen?«, fragte Mara.

»Nein, schon gut. Geht ihr mal frühstücken und schmuggelt mir ein paar Snacks für die Fahrt raus.«

»Wird gemacht«, sagte Charlotte.

Nachdem Mara und Charlotte gegessen hatten, machten sie sich wieder auf den Weg nach draußen.

An der Tür begegneten sie Ben, der, gelassen wie immer, den Speiseraum ansteuerte. Er grüßte nur kurz und verschwand im Gebäude.

»Wie war eigentlich die Nacht mit Ben?«, fragte Mara und grinste unschuldig, während sie auf den Truck zuliefen.

»Wir haben zusammen geduscht und sind dann gemeinsam unter die Bettdecke geschlüpft.«

Für den Bruchteil einer Sekunde erstarrte Mara, atmete dann jedoch erleichtert aus. »Gott, einen Moment dachte ich wirklich, du bandelst mit dem Feind an.«

»Würde mir nie einfallen. Aber davon abgesehen, ich muss im Moment mit ihm klarkommen und habe keine Lust auf ewigen Streit, weil ihr euch nicht grün seid. Ihr könnt euch ja die Köpfe einschlagen, aber wenn du nichts dagegen hast, würde ich mich gerne heraushalten.«

»Wo würdest du dich gerne heraushalten«, fragte Michaela, die neben dem Truck auf Charlotte und Mara wartete.

»Aus dem Krieg zwischen Mara und Ben ... Hast du alles im Shop bekommen, was du brauchst?«

»Das Nötigste erst einmal, ja.«

»Wenn du etwas zum Anziehen brauchst, kannst du dir bei mir und sicher auch bei Mara etwas ausleihen.«

Mara nickte.

»Das kriegen wir schon hin«, meinte Charlotte. »Und vielleicht wird dir dein Rucksack schon morgen in die Bush Lodge gebracht.«

»Wer's glaubt, wird selig«, seufzte Michaela und kletterte in den Truck.

Nachdem auch Ben endlich eingetroffen war und alle auf ihren Sitzen Platz genommen hatten, startete Mike den Wagen. Charlotte hatte sich einen Doppelsitz in der hinteren Reihe gesichert und Ben an das gegenüberliegende Fenster verwiesen. Der Rest der Truppe hatte sich auf die vorderen drei Sitzreihen verteilt und schnatterte wild durcheinander. Zu viele Eindrücke erreichten sie durch die großen Fensterscheiben des Trucks.

Der dichte Verkehr unterschied sich kaum von dem einer deutschen Großstadt. Charlotte fiel jedoch auf, dass die Autos zwar größer, aber auch deutlich älter als in Deutschland waren.

Sie verließen das belebte Johannesburg und setzten ihren Weg auf der Autobahn fort. Viele Bäume und weite Wiesen säumten die Straßen, und bald hatte Charlotte das Gefühl, endgültig in Südafrika angekommen zu sein. Sie fuhren vorbei an Feldern, kleinen Siedlungen mit einfach gebauten Häusern, vorbei an Händlern, die an der Straße ihre Waren anboten, an Tümpeln und an einer Herde Gazellen.

Den kurzen Stopp an einer Autobahnraststätte nutzte Michaela, um ein paar Klamotten einzukaufen.

Sobald sie ihre Errungenschaften in den Truck geschafft hatte, wurden sie ausgiebig inspiziert.

Charlotte fingerte eine kribbelbunte Stoffhose aus dem Beutel, hielt sie mit beiden Händen vor sich und blies die Backen auf. »Öhm ... nett.«

Grummelnd entriss Michaela ihr das Kleidungstück und stopfte es in ihre neue Reisetasche. »Ich will nichts hören! Es ist hier unmöglich, normale Klamotten zu bekommen.«

»Normal ist Ansichtssache«, überlegte Mara.

»Na ja, jetzt könnte man dich glatt mit einer Eingeborenen verwechseln«, mischte sich Ben ein und grinste breit.

»Ach, halt die Klappe«, schimpfte Michaela. Entmutigt verschränkte sie die Arme und kauerte sich auf ihren Sitz. »Es ist einfach zum Kotzen!«

Charlotte und Mara redeten beruhigend auf sie ein, während sich Mike wieder ans Steuer setzte und den Truck zurück auf die Straße lenkte.

Weiter ging es durch die inzwischen hügelige, sattgrüne Landschaft über Pilgrim's Rest, wo sie eine kurze Mittagspause einlegten. In dem kleinen Dorf war ein afrikanisches Geschäft ans nächste gereiht. Unzählige Touristengruppen deckten sich hier mit Strohhüten, Flipflops und Sonnenbrillen ein.

Wenig später stellte Mike den Truck auf einem weiteren Parkplatz ab, stieg aus und öffnete die hintere Tür.

»Leute, aussteigen. Wir machen hier einen kurzen Stopp. Ihr müsst euch unbedingt die Bourke's Luck Potholes ansehen. Hier beginnt der Blyde River Canyon, eines der größten Naturwunder Südafrikas.«

Die Reisegruppe verließ den Truck und folgte ihrem Guide über Stufen, Wege und schmale Brücken. Dahinter lagen Felsen, wild gewachsene Wiesen und Büsche, durch die sich ein Fluss hindurchschlängelte.

»Hier mündet der Treur River in den Blyde River«, erklärte Mike. »Die Felsen um uns herum bestehen aus rotem Sandstein. Im Laufe der Zeit haben das Wasser, Steine und der sich lösende Sand tiefe Strudellöcher im Gestein hinterlassen.«

Nachdem sie den befestigten Weg passiert hatten, bot sich ihnen ein atemberaubender Anblick aus unzähligen kleinen Wasserfällen, die über verschiedene Stufen der roten Felsen plätscherten. Das kristallklare Wasser umspülte die Steine und rauschte Meter um Meter mit ohrenbetäubendem Lärm nach unten. In den Schluchten erkannte Charlotte die Strudellöcher, die wie winzig kleine Seen zwischen dem Gestein verteilt waren. Am Horizont erhoben sich die begrünten Berge des Blyde River Canyon Nature Reserves.

»In diese Schlucht kann man eine Münze hineinwerfen und sich etwas wünschen«, informierte Mike die Gruppe, als sie an einem Geländer Halt machten. »Angeblich soll der Wunsch in Erfüllung gehen.«

»Pfff«, machte Charlotte. »Das funktioniert wahrscheinlich genauso gut wie bei den zwölf Milliarden Wunschbrunnen, die es auf der Welt gibt.«

»Wer weiß«, antwortete Mike geheimnisvoll und ging weiter voraus.

»Schaden kann es sicher nicht«, meinte Mara und warf kurzerhand eine Münze in den Abgrund.

»Deinem Geldbeutel schon«, bemerkte Charlotte.

»Ach, du ewig skeptisches Weib! Du musst auch mal an etwas glauben.«

»Ich glaube nur an wissenschaftlich belegte Zahlen. Wenn du mir eine Studie zum Wahrheitsgehalt dieses Ammenmärchens vorlegen kannst, dann halte ich meinen Mund.«

Auch Michaela zückte eine Münze und schloss die Augen. Wahrscheinlich betete sie gerade den Blyde River-Gott an.

Amüsiert zog Charlotte eine Augenbraue nach oben.

»Ach komm, warum nicht?«, sagte Ben und stupste sie an. »Sieh es als nette Tradition.«

»Na meinetwegen«, willigte Charlotte ein und ließ ein Geldstück in den Fluss plumpsen. »Und was hast du dir jetzt gewünscht?«

»Hey«, grätschte Mara dazwischen. »Das darf man nicht laut aussprechen. Sonst geht der Wunsch nicht in Erfüllung.«

»Ich habe mir ein fettes Zebra-Steak zum Abendessen gewünscht«, erzählte Ben dennoch.

Charlotte grinste. »So ein Scheiß! Aber das passt wahrscheinlich zu deinen Zielen im Leben. Du steckst sie nicht besonders hoch, was?«

»Du hast dir bestimmt eine Gehaltserhöhung, einen Firmenwagen oder etwas anderes Spießiges gewünscht«, stichelte Ben zurück.

»Fast. Meine Beförderung. Vermutlich geht eine Gehaltserhöhung damit einher. Und einen Firmenwagen habe ich schon. Da fällt mir ein, ich wollte noch einen Kunden anrufen.«

»Ihr seid unmöglich«, tadelte Mara die beiden. »Also, ich werde meinen Wunsch nicht verraten.«

»Ich auch nicht«, stimmte Michaela ein.

Charlotte und Ben zuckten mit den Schultern und kletterten dann weiter über die Felsen zum höchsten Punkt der Wasserfälle, um die überhitzten Füße im eiskalten Nass zu baden.

Nach einem prüfenden Blick auf das Handydisplay stellte Charlotte verärgert fest, dass es hier keinen Empfang gab, und steckte es zurück in die Hosentasche.

Am frühen Abend erreichte die Gruppe endlich ihr Tagesziel, die Bush Lodge im Balule Game Reserve. Mike stellte den Truck unter einem riesigen Baum gegenüber dem Haupthaus ab. Es dämmerte bereits und die spärliche Beleuchtung des Gebäudes war lediglich als Deko oder bestenfalls als Insektensammelpunkt zu gebrauchen.

Nun waren sie tatsächlich im afrikanischen Busch angekommen. Weit und breit sah Charlotte nur Bäume, Sträucher und Gräser. Allein das Haupthaus der Lodge und die einzelnen Hütten für die Gäste verrieten, dass es hier auch Menschen gab.

Neben dem gemauerten Haupthaus, dessen Dach wieder aus Schilfrohr bestand, verlief ein sandiger Weg vorbei an einer gepflasterten Terrasse mit eingelassenem Pool zu ein paar kleinen Hütten.

In der Ferne hörte Charlotte Schreie, vermutlich von Affen, und überall im Gebüsch raschelte es.

»Teilt euch erst einmal auf und richtet euch ein«, begann Mike mit einer kurzen Einweisung. »Hier sind eure Schlüssel. Jede Hütte verfügt über ein eigenes Badezimmer mit Dusche. Allerdings sind die Dächer nicht vollständig verschlossen. Also lasst nichts im Bad herumliegen, im Busch treiben sich Diebe herum.«

Die Gruppe sah ihn fragend an.

»Affen«, klärte er sie auf. »Die kleinen Räuber sind leider an die Menschen gewöhnt und stibitzen gern schöne Sachen aus den Häusern. Aber keine Sorge, die Schlafräume sind soweit sicher, dass ihr keinen Besuch bekommt, wenn ihr die Türen geschlossen haltet. Es kann aber passieren, dass ihr kleineren und größeren Tieren im Camp begegnen werdet. Verhaltet euch einfach ruhig und provoziert sie nicht. Letzten Monat ist eine Elefantenherde hier durchspaziert. Das war wirklich sehenswert. Also immer: keine Panik, tief durchatmen und staunen. Wir treffen uns in einer Stunde hier zum Abendessen.«

Die Teilnehmer schnappten sich ihre Taschen und bezogen zunächst ihre Zelthäuser.

Charlotte schloss die Holztür in der stabilen Zeltplane auf und bugsierte ihre Rucksäcke in den kleinen Raum, der mit einem Doppelbett, zwei Holzbänken und zwei Stühlen bereits ausgefüllt war.

»Na prima!«, maulte sie. »Nur *ein* Bett.«

»Oh, dann können wir heute endlich kuscheln«, blödelte Ben. Er schmiss seinen Rucksack auf eine Betthälfte und begutachtete das Bad. Charlotte folgte ihm und lugte an ihm vorbei.

Etwas rustikal muteten die dunklen Fliesen an, die auf halber Höhe endeten. Darüber versperrten nebeneinander angebrachte Bambusrohre den Blick nach draußen. Das Strohdach wurde durch Holzbalken gehalten.

»Die Dusche ist aber nicht sehr fein«, bemängelte Charlotte und drehte das Wasser darin auf. »Lauwarm.«

»Was hast du erwartet? Wir sind im Busch. Das ist doch komfortabel. Immerhin sieht das Wasser halbwegs klar aus.«

»Na, wenn du meinst.« Sie rümpfte die Nase und begann, im Schlafraum ein paar Sachen aus ihrem Rucksack zu räumen und auf einer Bank zu verteilen.

Bis sich nach und nach alle im Haupthaus zur Vorbereitung des Abendessens einfanden, versuchte Charlotte, sich mit ihrem Telefon in ein Mobilfunknetz einzuwählen. Aber vergebens. Der Empfang war so mies, dass sich keine Verbindung aufbaute. Auch Mara und Michaela schauten verzweifelt auf ihre Handys.

»Scheiße!«, motzte Charlotte. »Ich habe den ganzen Tag vergessen, den Kunden anzurufen. Und hier kriege ich kein Netz. Meine Chefin wird mich umbringen.«

»Und ich wollte doch noch meine Eltern anrufen, dass wir gut angekommen sind«, setzte Mara nach.

»Emelie wollte mir heute wieder gute Nacht wünschen. Nun muss sie mit meiner Mailbox sprechen«, sagte Michaela traurig.

»Seid doch froh. Es ist ein Segen, nicht permanent erreichbar zu sein«, warf Ben ein. »Das müsst ihr genießen.«

»Es sei mir verziehen, dass ich mit meiner Tochter telefonieren möchte«, platzte es aus Michaela heraus. »Die Situation ist nicht gerade einfach für mich, wie dir vielleicht aufgefallen ist. Ich habe meine persönlichen Sachen nicht bei mir und vermisse mein fünfjähriges Kind! Wenn man keine Ahnung hat, einfach mal ...«

»Schon gut«, unterbrach Ben Michaela. »Es tut mir leid. Das habe ich nicht bedacht. Aber die zwei da haben keinen Grund, so herumzuheulen.« Er deutete auf Charlotte und Mara, die ihn mit einem vernichtenden Blick bedachten.

»Genug gequatscht«, funkte Mike dazwischen. »Das Abendessen will vorbereitet werden.«

Charlotte, Mara und Michaela meldeten sich zum Schnippeln des Salats, während die anderen Fleisch schnitten und würzten, Brot in Körbchen aufteilten und das Geschirr zusammensuchten. Nur Ben, Frank aus Deutschland und Finn aus den Niederlanden angelten sich eine Dose Bier aus dem Kühlschrank und setzten sich an die lange Tafel, die im halboffenen Speiseraum der Lodge stand.

»Was denn, alle Aufgaben sind doch verteilt«, beantwortete Ben Charlottes missbilligenden Blick.

»Wenn ihr nichts zu tun habt«, grätschte Mike dazwischen, »könnt ihr Feuerholz sammeln gehen. Bleibt aber im Camp und nehmt bitte nur trockenes Holz, das auf dem Boden liegt.«

Charlotte grinste, während die Männer sich ihr Bier und einen großen Weidenkorb schnappten. Dann widmete sie sich wieder ihrer Arbeit. Ab und an sah sie durch die großen Glasflügeltüren, die zur Terrasse geöffnet waren, nach draußen. Zu faszinierend war die Aussicht.

Die Lodge befand sich auf einer kleinen Anhöhe, sodass sie das tiefer gelegene Areal dahinter weiträumig überblicken konnte. Nicht weit entfernt lag ein kleines Wasserloch, das immer wieder von verschiedenen Tieren aufgesucht wurde, die daraus tranken. Gazellen hatte sie inzwischen genug in Afrika gesehen, doch das Tier, das sich in diesem Moment der Wasserstelle näherte, ließ sie innehalten. Der mächtige Elefant schritt in Zeitlupe darauf zu, tauchte seinen Rüssel hinein und führte ihn zu seinem Maul.

Fasziniert legte Charlotte das Messer beiseite, betrat die Terrasse und beobachtete, wie der graue Riese nun seinen Rücken mit Wasser bespritzte.

Im Zoo hatte sie das weiß Gott schon öfter gesehen, aber ein ausgewachsener Dickhäuter ohne Zaun in nächster Nähe jagte ihr eine Gänsehaut über den Rücken.

Plötzlich breitete der Elefant die Ohren aus und schüttelte den Kopf. Irgendetwas hatte ihn gestört.

Mike trat neben sie.

»Was ist da los?« Charlotte kletterte auf die kleine Mauer, die die Terrasse umgab.

»Keine Ahnung«, antworte Mike. »Er warnt jemanden.«

»Oh. Und ich weiß auch wen.« Ein paar Meter weiter entdeckte sie die Holzsammler in den Büschen. »Ach du Scheiße! Ist das gefährlich?«

»Nur, wenn die Jungs jetzt was Blödes machen.« Auch er stellte sich auf die Mauer und reckte den Hals.

So entspannt, wie seine Worte klangen, sah er allerdings nicht aus. Sein Blick war auf den Elefanten geheftet, huschte ab und an zu Ben, Frank und Finn.

»Willst du nichts unternehmen?«, krächzte Charlotte.

»Ich kann jetzt schlecht dort runter brüllen.«

Auch die Männer in den Büschen hatten den Besucher am Wasserloch bemerkt, verhielten sich jedoch ruhig. Langsam zogen sie sich zurück, und der Elefant schien sich zu entspannen.

Mike stieß die Luft aus. Sicher ein gutes Zeichen.

»Nochmal gut gegangen«, kommentierte er und kehrte zurück ins Haus.

Charlotte allerdings brauchte einen Moment, um ihren Herzschlag zu beruhigen. Sie selbst hätte dem Elefanten ganz sicher nicht gegenüberstehen wollen.

Es war längst dunkel, als sich die Reisegruppe um das Lagerfeuer auf der Terrasse versammelt hatte, das Fleisch aus ihren Schälchen löffelte und den angenehmen Klängen afrikanischer Trommelmusik lauschte. Das Zirpen der Grillen war allerdings lauter. Die Viecher mussten hier Monstergröße haben.

Über ihnen leuchteten Millionen von Sternen, so viele hatte Charlotte noch niemals gesehen. Auch der Mond wirkte heute größer, tauchte das ausgetrocknete Flussbett unterhalb der Lodge in silbriges Licht.

»Da wir jetzt alle so gemütlich beisammensitzen, können wir endlich unsere Vorstellungsrunde starten«, schlug Mike vor. »Immerhin verbringen wir noch die nächsten zwei Wochen gemeinsam auf engstem Raum. Meistens zumindest. Also sollten wir uns vielleicht ein bisschen näher kennenlernen. Wer fängt an?«

»Immer der, der fragt«, antwortete Charlotte herausfordernd.

»Von mir aus. Über mich gibt es allerdings nicht viel zu erzählen. Oder ihr wisst es bereits. Außer vielleicht, dass ich vier Frauen habe und das sechste Kind unterwegs ist.«

Mit großen Augen starrte Charlotte ihn an. Beinahe hätte sie den Löffel in die Schüssel plumpsen lassen.

»Echt?«, fragte Mara. »Ist Polygamie in Südafrika erlaubt?«

»Ich lebe in Namibia«, korrigierte Mike und lachte dann. »In vielen Staaten Afrikas ist die Polygamie nicht verboten. Auch in Namibia und Südafrika nicht. Der südafrikanische Präsident hat sogar mehrere Ehefrauen. Aber ich nicht. Das war nur ein Spaß. Ich habe bisher keine einzige Frau.«

»Und Kinder?«, wollte Charlotte es nun doch genauer wissen.

»Auch Kinder habe ich keine«, sagte er lächelnd in ihre Richtung.

Bildete sie sich das ein oder schaute Mike sie einen Moment zu lange an? Er hatte Charme – keine Frage.

»Mein Job ist mit Familie schlecht vereinbar.«

»Wie bist du dazu gekommen?«

»Ich habe selbst mal als Tourist solch eine Rundreise mitgemacht. Als Großstädter erlebt man den afrikanischen Busch auch nicht alle Tage. Dann hat mich das Fieber gepackt und ich habe mich in dem Laden hier beworben. Jetzt mache ich das schon fast zehn Jahre.«

»Wird das nicht irgendwann langweilig? Immer dieselben Touren?«

»Es gibt so viele verschiedene Reisen und die Gruppe ist jedes Mal so individuell, das *kann* gar nicht langweilig werden.« Er zwinkerte Charlotte zu. »Okay, genug von mir. Was habt ihr mir zu erzählen? Stellt euch nochmal vor. Charlotte, möchtest du weitermachen?«

»Ähm ... na ja ... warum nicht?«, stotterte sie vor sich hin.

Ein leichtes Kribbeln breitete sich in ihrem Bauch aus. Wie schaffte Mike das mit so wenigen Worten?

»Also gut«, begann sie noch einmal. »Ich bin Charlotte, komme aus München in Deutschland, bin dreißig Jahre alt, Single und liebe meinen Job als Junior Consultant in einer Unternehmensberatung. Bei mir steht eine Beförderung ins Haus und mein großes Ziel ist es, einmal Director zu werden.«

Sie registrierte, wie Ben grunzend den Kopf schüttelte. Sollte der ziellose Nichtsnutz doch denken, was er wollte.

Unbeirrt fuhr sie fort: »Ich habe eigentlich nicht viele Interessen, weil es mein Beruf einfach nicht hergibt. Ich treffe mich am Wochenende gern mit meinen Freundinnen und liebe Sekt. Apropos, gibt es hier Sekt?«

Grinsend schüttelte Mike den Kopf. »Ich kann dir nur Wein anbieten. Oder ein Bier. Getränke aus dem Kühlschrank müsst ihr übrigens aufschreiben und bei der Abreise hier bezahlen.«

»Ich hole dir einen Wein«, bot sich Den an. »Michaela und Mara, ihr auch?«

Beide nickten verblüfft.

»Für mich aber lieber Rotwein, halbtrocken«, sagte Michaela.

Auch Charlotte blickte ihm verwirrt nach. Der Mann konnte auch aufmerksam sein? Wahnsinn!

»Gut«, sagte Mike. »Wer möchte weitermachen?«

Der Reihe nach stellten sich auch die anderen aus der Reisegruppe vor.

Als Julie aus Norwegen von ihrer Hochzeit vergangenen Sommer schwärmte, sah Charlotte zu Mara hinüber, die sich an ihrem Weinglas festklammerte und tapfer die Tränen niederkämpfte.

Dann war zum Glück Frank aus Deutschland an der Reihe, der so unterhaltsam von seinem langweiligen Bürojob in einem Pharmakonzern berichtete, dass Mara wieder lächeln konnte. Der Typ gehörte als Entertainer auf eine Bühne.

Mara sprach kurz und knapp von ihrem Job als Physiotherapeutin und ließ die Geschichte um Christoph und die geplatzte Hochzeit weg. Charlotte sah ihr an, dass sie am liebsten gleich wieder losgeheult hätte.

Aufmerksam hatte sie der Vorstellung ihrer Mitreisenden gelauscht, und dennoch ersten Namen schon wieder vergessen. Aber im Laufe der nächsten zwei Wochen würde sie sich sicher alle merken können.

Bereits eine halbe Stunde nach der Vorstellung verabschiedeten sich eine Frau und ihre Nichte aus den Niederlanden ins Bett, und auch die Australierin und Katharina aus Deutschland sagten gute Nacht.

»Können wir nicht eine Nachtwanderung machen?«, schlug Charlotte vor.

Mike verzog den Mund. »Im Busch zu gefährlich. Viele Tiere sind dämmerungs- und nachtaktiv. Sie gehen dann auf die Jagd. Ihr wollt sicher nicht die Beute werden.«

»Eher weniger. Hast du wenigstens ein Nachtsichtgerät? Ich würde das ja echt gern mal sehen.«

»Sorry, das habe ich zuhause vergessen.« Er lachte. »Wir könnten uns aber in die Büsche am Wasserloch setzen. Vielleicht kommt ja etwas Interessantes vorbei. Der Elefant vorhin war doch ein netter Anfang.«

»Das war genial«, bestätigte Ben.

»Also, ich bin raus«, meinte Mara. »Ich lasse mich ungern von einem wilden Tier verspeisen.«

»Ich zwinge keinen.« Mike stand auf und schnappte sich seine Taschenlampe. Dann sprang er über die kleine Mauer der Terrasse und bahnte sich einen Weg durch das dichte Gebüsch. Charlotte, Ben und die beiden anderen Niederländer folgten ihm.

»Bist du schon einmal von einem Tier angegriffen worden?«, fragte Charlotte leise nach vorn.

»Nur verwarnt. Von einem Büffel. Da hatte ich echt Glück. Die können ganz schön giftig werden ... Passt auf, dass ihr nicht über Wuzeln stolpert.« Er drückte etwas Geäst zur Seite und ließ Charlotte und die anderen vorgehen. »Duckt euch dort hinter den großen Stein.«

»So ziemlich jedes Tier im Busch kann einem Menschen doch gefährlich werden, oder?«, fragte die Niederländerin.

»*Fast* jedes. Man muss sich nur richtig verhalten, dann ist man relativ sicher.«

»Welches ist das gefährlichste Tier?«

»Tatsächlich denke ich, dass der Büffel am aggressivsten ist. Alle anderen muss man gewaltig provozieren, bevor sie angreifen, aber Büffel sind extrem leicht reizbar.«

»Wie Charlotte«, stichelte Ben.

»Sehr witzig«, entgegnete sie. »Und du bist ein Elefant im Porzellanladen.«

»Ich kann mit Elefanten.«

»Das ist wahr«, bestätigte Mike. »Ihr habt vorhin sehr gut reagiert.«

Eine Weile unterhielt sich die Gruppe über die Big Five Afrikas, bis schließlich eine kleine Herde Impalas das Wasserloch entdeckte.

»Impalas werdet ihr sicher noch sehr viele in Afrika sehen«, erzählte Mike. »Eine Herde kann bis zu einhundert Tiere umfassen.«

»Die kommen aber nicht nur nachts raus, oder?«, fragte Charlotte.

»Nein, die sind tag- und nachtaktiv ... oh seht mal. Da drüben. Seid leise.« Mike knipste seine Taschenlampe aus und deutete auf ein Gestrüpp in der Nähe, doch Charlotte konnte nichts erkennen. Erst einen Moment später meinte sie, etwas leuchten zu sehen.

»Sind das Augen?«, fragte sie so leise sie konnte.

»Möglicherweise. Ich glaube schon. Wisst ihr, welcher Jäger extrem scheu ist und den wir höchstwahrscheinlich nur nachts zu sehen bekommen?«

»Oh mein Gott! Ein Löwe?«

»Nein, ein Leopard. Leute, wenn das einer ist, könnt ihr euch echt glücklich schätzen.«

»Ich weiß ja nicht«, murmelte Charlotte und klammerte sich unwillkürlich an Mikes Arm.

»Ich mach mir gleich in die Hosen«, meinte die andere Frau.

»Alles gut. Menschen gehören nicht zur bevorzugten Beute. Vor allem, wenn es so ein leckeres Buffet vor der Nase gibt.« Mike zeigte auf die Impalas.

Im nächsten Augenblick schnellte eine Gestalt aus dem Gebüsch. Eindeutig eine Wildkatze. Die Antilopen stoben auseinander und verschwanden in verschiedene Richtungen im hohen Gras, den Jäger dicht auf den Fersen.

Wie erstarrt saß Charlotte auf dem kühlen Erdboden und wagte es kaum zu atmen.

»Wahnsinn«, sagte Mike, wieder etwas lauter. »Das sieht man nicht jeden Tag.«

»War das ein Leopard?«

»Ja, das war einer. Wunderschön, nicht wahr? Jetzt lasst uns zurückgehen. Ist spät geworden.«

Die Terrasse war bereits leer, und auch die Niederländer verabschiedeten sich.

»Ich brauch noch einen Wein. Ich bin viel zu aufgeregt.« Charlotte füllte im Haus ihr Glas auf und nahm noch zwei Dosen Bier für Mike und Ben mit raus.

»Danke, für mich nicht«, lehnte Ben ab. »Ich geh auch schlafen.«

»Wie du meinst.« Charlotte reichte Mike eine Dose und prostete ihm zu. »Eigentlich gehe ich abends auch zeitig ins Bett. Ich muss immer sehr früh raus.«

»Ah, du bist ja mit deinem Job verheiratet«, erinnerte er sich und lächelte.

»Ich bin nicht mit meinem Job verheiratet! Er macht mir nur sehr viel Spaß. Ich konzentriere mich auf meine Karriere.«

»Aber es gibt doch wichtigere Dinge im Leben.«

»Warum will mir das jeder einreden?«, fragte sie mehr sich selbst. »Was ist wichtiger als ein geregeltes Einkommen, damit man sich etwas leisten kann?«

»Zum Beispiel eine glückliche Partnerschaft oder Kinder oder mehr Freude am Leben? Man lebt doch nicht, um zu arbeiten, sondern man arbeitet, um zu leben.«

»Das sagst ausgerechnet du? Du bist doch auch nur unterwegs, oder?

»Ja, schon. Heißt aber nicht, dass ich es mir nicht anders wünschen würde. Wie sieht das bei dir aus?«

»Das passt gerade nicht in meinen Lebensplan.«

»Jetzt gerade oder generell?«

Charlotte überlegte. »Ich habe noch nie darüber nachgedacht. Na ja, eigentlich schon, aber ich habe für mich entschieden, dass mein Job erst einmal Priorität hat. Ich möchte mich einfach nicht mehr so schnell auf eine Beziehung einlassen. Da muss schon der perfekte Mann vorbeitänzeln.«

»Den perfekten Mann gibt es nicht«, klärte Mike sie auf.

»Das weiß ich selbst nur zu gut.«

»Schlechte Erfahrungen gemacht?«

»Wer hat das nicht?«

Mike sah sie prüfend an, doch er bohrte nicht weiter nach. Zum Glück. Denn Charlotte hatte wenig Lust, alte Geschichten wieder aufzuwärmen.

Stattdessen lenkte sie die Aufmerksamkeit auf ihn: »Wie sieht dein Plan für die nächsten Jahre aus? Willst du denn eine Familie gründen.«

»Wenn mir die perfekte Frau über den Weg läuft ...« Er grinste verschmitzt.

»Oh, die findest du ganz sicher.«

Eine Weile unterhielten sie sich noch, während Charlotte ihren Wein schlürfte und immer wieder überrascht feststellen musste, wie sehr ihr Blick an Mikes Lippen klebte. Jedes Mal, wenn sie sich dabei erwischte, musste sie sich zwingen, ihm in die Augen zu sehen. Dabei waren die doch gar nicht so schlecht.

Schließlich stand sie auf und trank den Rest ihres Weißweins aus. »Ich werde jetzt ins Bett gehen. Es war ein sehr schöner Abend. Vielen Dank.«

»Gerne doch. Hast du eine Taschenlampe dabei? Oder ein Handy?«

»Oh, das habe ich vorhin in die Hütte gebracht. Ich habe hier in der Einöde ohnehin keinen Empfang.«

»Der Weg ist jetzt ziemlich dunkel. Ich begleite dich. Nicht, dass du noch von unserem Leoparden gefressen wirst.«

»Ich dachte, Menschen gehören nicht auf seinen Speiseplan.«

Mike lachte. »Man kann nie wissen.«

Schweigend gingen sie Seite an Seite den Weg entlang, vorbei an drei anderen Hütten, bis sie Charlottes Unterkunft erreichten.

Sie räusperte sich. »Vielen Dank fürs Heimbringen.«

»Gehört zu meinen Aufgaben.«

»Das bezweifle ich.«

Er zuckte grinsend mit den Schultern und sah sie einen Moment an.

Er könnte sich auch einfach umdrehen und gehen, aber er tat es nicht. Sein Blick ruhte auf ihr. Hoffentlich wartete er nicht auf ein Trinkgeld.

Was es auch war, das leichte Grinsen und seine Augen verrieten ihr, dass er Interesse haben könnte. Doch so einfach wollte sie es ihm nicht machen.

Mike hatte noch immer nichts gesagt, stand nur vor ihr und fummelte nervös an der Taschenlampe herum.

»Es ist wirklich Zeit zum Schlafen«, sagte sie schließlich.

Er wirkte wie aus einem Traum gerissen und blinzelte irritiert.

Ha! Eindeutig hatte er nicht nur ein wenig flirten wollen. Aber nichts da. Leicht zu haben war sie ganz und gar nicht. Selbst wenn es nur eine kurzfristige Urlaubsromanze war.

»Gute Nacht«, flötete Charlotte noch einmal und ließ Mike vor der Tür ihrer Zelthütte stehen. Ihre Laune sank jedoch schlagartig, als sie Ben sah und ihr bewusst wurde, dass sie sich ein Doppelbett teilen mussten. Mike wäre ihr neben sich auf jeden Fall lieber gewesen.

Sie schnappte sich ihr Handy, schaltete die Taschenlampe an und leuchtete sich den Weg zur Badtür.

Hätte sie das Licht doch besser ausgelassen. An der Wand hockte eine riesige, fette Spinne.

Charlotte stieß einen schrillen Schrei aus und schlug sich die Hand auf den Mund.

Ben schnellte hoch und sprang aus dem Bett »Was ist passiert?«

Wortlos beleuchtete sie das eklige Krabbeltier.

»Boah, ich dachte, es sitzt eine Raubkatze im Bad. Das ist nur eine Spinne.«

»Nur? Siehst du, wie groß die ist?«, krächzte sie.

Plötzlich wurde die Tür zu ihrer Hütte aufgerissen, und Mike leuchtete mit seiner Taschenlampe in den Raum hinein. »Alles in Ordnung? Was ist los?«

»Eine Monsterspinne klebt an der Wand«, klärte ihn Charlotte auf.

»Halb so wild. Die ist ganz niedlich«, korrigierte Ben, der das Vieh mit einem Glas abdeckte und eine Zeitschrift darunter schob. Dann bahnte er sich einen Weg nach draußen.

Verdutzt schauten Charlotte und Mike ihm nach.

»Ich schwöre, die war so groß wie meine Hand«, beteuerte sie.

»Ach was«, erwiderte Ben. Seelenruhig kehrte er ins Zelt zurück, legte die Sachen wieder auf seinen Nachttisch und kroch unter die Decke. Heute hatte er sich sogar gleich eine Unterhose angezogen.

»Und wenn die wieder zu uns reinkrabbelt?«, fragte Charlotte.

»Dann schrei bitte leiser, ich möchte jetzt schlafen.«

»Ähm ... okay«, meldete sich Mike zu Wort. »Ist alles in Ordnung mit dir? Brauchst du irgendetwas?«

»Euch ist doch klar, dass ich die nächsten zwei Wochen kein Auge zumachen kann«, beschwerte sie sich weiter.

Ben stöhnte, setzte sich erneut auf und sah Mike flehend an. »Kannst du sie bitte adoptieren? Du hast doch sicher ein freies Bett in deiner Hütte, oder?«

Empört stemmte Charlotte die Hände in die Hüfte und funkelte Ben böse an.

Obwohl, keine so unschöne Idee ...

Mike allerdings grinste nur und schüttelte den Kopf. »Sorry, das ginge mir dann doch etwas zu schnell. Ich fürchte, ihr müsst euch arrangieren.«

Bens Augenbrauen schnellten nach oben.

»Gute Nacht, ihr zwei«, wünschte Mike und schloss die Tür.

Charlotte grinste Ben an, der sie noch immer ungläubig ansah.

»Was geht denn bei euch ab?«, fragte er.

»Nichts, was dich etwas angehen würde«, entgegnete sie und verschwand im Badezimmer.

Kapitel 9
Ben

Ein unterdrückter Schrei riss ihn erneut aus dem Schlaf. Als er die Augen aufschlug, war es bereits hell und neben ihm presste sich Charlotte wieder die Hand auf den Mund. Diesmal jedoch kicherte sie.

»Tut mir leid.« Sie setzte sich auf und schlang die Arme um ihre Beine.

»Was ist denn?«, brummte er.

»Ich bin gerade aufgewacht und musste deinen Anblick ertragen.«

Er lachte. »Doofes Weib.«

»Ich hatte vergessen, dass ich mir mit einer Dumpfbacke das Bett teilen muss«, frotzelte sie weiter.

Das Kissen, das er nun auf sie schmiss, kam postwendend und unerwartet zurück. Mit einem dumpfen Schlag landete es in seinem Gesicht und hinterließ einen leichten Schmerz auf seiner Wange.

Die Frau hatte einen ordentlichen Wurf drauf.

»Ich geb auf«, klagte er und quälte sich aus dem Bett. Der eingeschlagene Weg wurde jedoch jäh von einem blonden Blitz abgeschnitten.

»Nichts da!«, sagte sie. »Ich geh zuerst ins Bad.«

Resigniert ließ er sich wieder auf die Bettkante sinken.

Gegen diese Teilzeitfurie konnte er anscheinend nichts machen. Sollte sie ihren Willen bekommen. In dieser Herrgottsfrühe hatte er keine Lust, sich zu streiten.

Schon wieder hörte er ein aufgeregtes und gedehntes »Nein!« aus dem Badezimmer.

Was war denn nun schon wieder los? Eine Made im Waschbecken?

Mit wenig Enthusiasmus erhob er sich, ging zur Badtür und wollte gerade anklopfen, als diese aufgerissen wurde.

»Diese Mistviecher haben mein Make-up geklaut!«

Verdutzt glotzte er Charlotte an. »Hä?«

»Die blöden Affen haben meine Kosmetiktasche mit all meinen Utensilien darin entwendet. Da war alles drin! Meine Cremes, Bürste, Kajalstift, Wimperntusche, Zahnbürste ... mein ganzer Nagellack, einfach alles!«

Er konnte nicht anders als loszuprusten, zu niedlich sah die völlig aufgebrachte Charlotte aus. »Sorry, aber Mike hatte alle vorgewarnt. Wir sollten im Bad nichts liegenlassen.«

»Danke, das bringt mir mein Zeug jetzt auch nicht zurück.«

Wutschnaubend stapfte sie zu ihrem Rucksack und kramte darin herum. Vielleicht suchte sie nach einer zweiten Schminktasche. Zuzutrauen wäre es dieser Perfektionistin, dass sie zur Sicherheit alles zweimal eingepackt hatte. Doch nach ein paar Augenblicken vergeblichen Wühlens gab sie auf und blickte ihn mitleiderregend an.

»Ich hätte eine zweite Zahnbürste, wenn dir das etwas hilft.«

Ganz betrübt saß Charlotte vor ihrem Rucksack und nickte. »Wenn du jetzt noch Wimperntusche für mich hättest, würde ich dich vom Fleck weg heiraten.«

»Pass auf, was du sagst. Nicht, dass ich dir noch Wimperntusche besorge.«

»Ach, du würdest mich doch sowieso nie heiraten.«

»Da hast du auch wieder recht.«

Am Frühstückstisch traf Ben auf den Rest der Reisegruppe. Er selbst war mal wieder zu spät dran, aber diesmal lag es an seiner Zimmernachbarin, die Ewigkeiten geduscht und mit seinem Kamm versucht hatte, ihre nassen Haare zu bändigen.

Als er jetzt an ihr vorbeiging, stieg ihm der Duft nach seinem Duschgel in die Nase. Komischerweise fand er das sogar richtig anziehend.

Offenbar hatte sie sich etwas Make-up von ihren Freundinnen geliehen, denn sie war dezent geschminkt, was sie eigentlich nicht nötig hatte.

Was er von Mara heute nicht behaupten konnte. Die saß schon wieder mit ihrem Handy am Tisch und sah aus, als hätte sie die ganze Nacht geheult. Dabei traf sie doch eine Mitschuld an ihrer Situation.

»Wem schreibst du«, fragte Ben neugierig und sah ihr über die Schulter.

Sofort presste sie ihr Handy an sich und sah empört zu ihm auf. »Das geht dich gar nichts an.«

Sicher versuchte sie, Mami und Papi eine Nachricht zu schicken.

»Ich dachte, es gibt hier keinen Empfang«, meinte er.

»Gibt es auch nicht«, bestätigte Michaela. »Wir haben es alle schon probiert. Ich müsste dringend mit der Airline telefonieren.«

»Echt zum Kotzen!«, regte sich auch Charlotte auf. »Ich kann meinen Kunden nicht anrufen. Das ist eine Katastrophe.«

»Und was macht sie dann?«, fragte Ben leise und nickte in Maras Richtung.

»Sie«, antwortete Mara selbst in gereiztem Ton, »schreibt sich die Erlebnisse auf, um sie später abzuschicken. Aber wie ich schon sagte, das geht dich nichts an.«

»Welche Erlebnisse?«

»Na, die Ankunft gestern, das Abendessen, die Unterkünfte ... ich erzähle meinen Eltern alles. Ich kann ja nichts dafür, wenn sich *deine* Eltern nicht für dich interessieren.«

Gott, ist die biestig.

»Kein Wunder.« Er grinste schief.

»Was ist kein Wunder?«

»Ach nichts.«

Wenn sie es selbst nicht einsah, war es sinnlos, es ihr zu erklären. Außerdem hatte er keine Lust auf weiteres Gezeter von der rothaarigen Zicke.

Ihr erster Game Walk – eine Safari zu Fuß – führte die Gruppe tief hinein ins Balule Game Reserve, wo die Wege der Touristen kaum noch erkennbar waren. Das war die wilde Natur. Das war das Afrika, das Ben sehen wollte.

Immer wieder huschten ihnen Impalas über den Weg oder eine Giraffe streckte neugierig ihren Hals zwischen den Laubgäumen hervor. Eine davon war ihnen so nah, dass Ben sie kaum im Ganzen vor seine Kamera bekam.

Mike und ein weiterer Guide aus dem Camp erklärten, wie aus Früchten der weiblichen Marula-Bäume der Amarula-Likör hergestellt wurde, und zeigten ihnen Käfer, die ihre eigenen Exkremente durch die Gegend rollten.

Dann versammelte Mike die Gruppe um sich herum und sah zu Boden. Skeptisch folgten sie seinem Blick, denn vor ihnen lag ein großer Haufen Scheiße.

»Eine Ahnung, von welchem Tier das ist?«, fragte er in die Runde.

Alle glotzten ihn nur blöd an.

»Elefant?«, vermutete Ben.

»Richtig.« Jetzt kniete er sich auch noch hin und nahm ein wenig von dem Fladen in die Hand.

Ein Raunen ging durch die Gruppe, und Mike grinste.

»Es gibt afrikanische Stämme, die essen das«, erzählte er. »Will jemand probieren?«

Die ersten fingen an zu würgen.

»Man kann Elefantenscheiße wirklich essen?«, wollte Ben wissen.

»Keine Ahnung«, gab Mike zu und lachte schon wieder. »Ich wollte nur wissen, wer sich traut. In Indien werden aber tatsächlich Kaffeebohnen von Elefanten verdaut, die dann für teures Geld, verkauft werden.«

»Echt widerlich«, kommentierte Charlotte.

Mike stand auf und ging weiter voran durch die hohen Gräser. Wenig später hockte er sich am Wegesrand wieder hin. Die anderen bleiben stehen.

Mit einem Stöckchen stocherte er in der Erde herum. Dort war ein Netz aus feinen Fäden gesponnen. Der Bewohner des Baus ließ nicht lange auf sich warten.

Mike setzte sich die Spinne auf die Hand, drehte sich auffällig in Charlottes Richtung und grinste.

Charlotte hingegen krallte sich reflexartig an Bens Arm fest, während Mike erzählte: »Die große Baboon Spider lebt hauptsächlich in Südafrika, ist aber in Europa auch ein beliebtes Haustier. Sie meidet den Menschen, kann aber schmerzhaft zubeißen, wenn sie sich bedroht fühlt.«

»Oh mein Gott, war das gestern etwa so ein Vieh in unserer Hütte?«, fragte Charlotte.

»Nein, die war kleiner und ganz schwarz«, meinte Ben.

»Eine Baboon Spider wird euch wahrscheinlich nicht besuchen kommen«, beruhigte Mike sie. »Und wenn doch, haltet besser Abstand.«

Er setzte das Tier sanft auf den Boden zurück und setzte seinen Weg durch die Wiesen und Büsche fort.

An einer befestigten Straße trafen die Wanderer auf eine Gruppe aus kleinen, grauen Affen, die wenig Scheu vor den Menschen hatten. Ihr Fell glänzte silbrig, doch zwei von ihnen trugen eine besonders auffällige Färbung. Sie waren über und über mit bunten Farben beschmiert.

Zornig zeigte Mike auf die Affen. »Es ist wirklich eine Schande, dass die Touristen hier im Busch einfach nicht auf ihren Krempel aufpassen. Die Gauner hier haben sich wohl Schminkutensilien stibitzt. Ich bitte euch noch einmal, seid schlauer und achtet auf eure Sachen!«

Bens Blick wanderte zu Charlotte, und er konnte sich ein Grinsen nicht verkneifen. Sie stand am Wegrand, fummelte unschuldig an den Gurten ihres Rucksacks herum und sagte kein Wort. Auch Mara und Michaela sahen zu ihrer Freundin hinüber und machten ein betretenes Gesicht.

»Okay, Leute«, meinte Mike, »genug für heute. Es ist Zeit ins Camp zurückzukehren.«

***

Die Fahrt nach Hazyview am nächsten Tag, am westlichen Rande des Kruger Nationalparks entlang Richtung Süden, dauerte zum Glück nur zwei Stunden. Ben hasste es, den halben Tag im Truck gefangen zu sein und nur auf seinem Hintern hocken zu müssen.

Der kleine Ort am Ufer des Sabie River wirkte idyllisch inmitten von grünen Wiesen und Bäumen. Die Baum-Lodge, in der sie die nächste Nacht verbringen würden, bestand aus einem gemauerten Haupthaus und einem Terrassensystem, das sich am Hang des Flusses über drei Etagen erstreckte und komplett aus Holz gefertigt war. Im oberen Bereich, den man ebenerdig vom Parkplatz aus erreichte, waren die Gästezimmer untergebracht. Dort befanden sich eine offene Bar und einige Sitzgelegenheiten, auf den unteren Etagen gab es weitere Sitzgruppen für ein bisschen mehr Ruhe.

»Stellt erst mal eure Taschen in den Zimmern ab, dann treffen wir uns hier wieder an der Bar. Wer gern eine Wanderung am Sabie River mitmachen möchte, der zieht bitte festes Schuhwerk an«, erklärte Mike. »Hier sind eure Schlüssel für die Schlafräume. Einen großen Waschraum müsst ihr euch heute teilen. Außer die

Bewohner der Honeymoon-Suite, die bekommen ihr eigenes Bad. Mara, das Zimmer ist für dich reserviert.«

Mara und Charlotte sahen sich mit großen Augen an.

»Ich will nichts von Honeymoon hören«, lehnte sie ab.

»Hey, aber wir hätten unser eigenes Bad«, zischte Michaela.

»Ist mir völlig wurscht. Ich verzichte. Charlotte, ihr könnt das Zimmer gerne haben.«

Ben schnappte sich den Schlüssel aus Maras Hand. »Mit dem größten Vergnügen.«

Wenn sie nicht will ...

Er schloss die marode Tür auf und betrat den Raum. Eine Luxussuite sah zwar anders aus, aber das Upgrade war zumindest kostenlos.

Genervt ließ Charlotte ihren Rucksack fallen.

»Na super, schon wieder ein Doppelbett.«

»Was hast du in einer Honeymoon-Suite erwartet?«

»Jedenfalls nicht dich. Na ja, egal, wenigstens eine eigene Dusche. Ich bin dann mal draußen, muss telefonieren.« Schon flitzte sie wieder weg.

Offenbar gab es hier wieder Netz, denn als Ben auf die Terrasse trat, hielten sich auch Mara und Michaela die Handys ans Ohr.

Mara telefonierte sicher mit ihren Eltern, Michaela sprach gerade mit ihrer Tochter und Charlotte hatte ihre Chefin an der Strippe. In mitleiderregendem Ton entschuldigte sie sich tausend Mal, dass sie nicht erreichbar gewesen war und einen Kunden noch nicht hatte anrufen können.

Ben schüttelte den Kopf. Wie konnte man bloß so abhängig von einem Mobilfunkgerät sein?

Wenn aber alle schon einmal dabei waren, konnte auch er ein kurzes Gespräch führen. Also suchte er einen Kontakt und drückte auf den grünen Hörer.

Es klingelte.

»Hallo Ben«, meldete sich Christoph nach nur wenigen Momenten.

»Hallo Bruderherz, wie geht's dir?«

»Beschissen. Was denkst du denn? Meine Hochzeit ist vor ein paar Tagen geplatzt.«

»Nun ja, es lag ja irgendwie in deiner Hand.«

»Ja, das weiß ich. Mir sind die Sicherungen durchgebrannt. Ich wollte Mara nie und nimmer verletzen, aber ... wie geht's ihr denn?«

»Ich glaube, sie heult jede Nacht.«

»Verdammt.« Sein Bruder klang ehrlich betroffen.

»Keine Panik, sie wird von Charlotte und Michaela ordentlich bemuttert und reagiert sich an mir ab.«

»Scheiße! Wirklich?«

»Ich krieg die volle Breitseite von den Weibern. Sie lassen ihren Frust über dich an mir aus.«

»Das tut mir so leid!«

»Ich kann das ab, mach dir keine Gedanken.«

»Ich hab dir gesagt, dass es wahrscheinlich so kommen wird.«

»Hast du, und ich wollte trotzdem mit. Es ist eine großartige Reise. Echt sträflich, dass du nicht dabei bist.«

»Glaub mir, das wäre ich gern, aber meine Reaktion am Hochzeitstag hat alles kaputtgemacht.«

»Wenn du mich fragst, hat Maras Mutter alles kaputtgemacht.«

»Ja, aber ich hätte anders handeln müssen.«

»Das ist nun nicht mehr zu ändern. Weißt du denn, wie es jetzt weitergeht?«

Christoph atmete tief ein und aus. »Keine Ahnung. Charlotte hat mir ausgerichtet, ich solle mich um die Absage der Feier in Kapstadt kümmern.«

»Und, hast du?«

»Muss ich noch. Mir graut davor.«

»Kann ich mir vorstellen. Soll ich dir irgendwie helfen?«

»Nein, du hast genug Ärger an der Backe wegen mir. Genieß du mal deinen Urlaub, soweit das geht. Ich muss allein damit klarkommen.«

»Du weißt, dass ich jederzeit für meine Familie da bin, auch wenn ich sonst nicht die Zuverlässigkeit in Person bin.«

»Ben, du bist mein Bruder, und ich weiß, wie du tickst. Wenn es wichtig ist, kann ich auf dich zählen. Also mach dir keine Gedanken darüber.«

»Mach ich nicht.«

»Okay, dann hab Spaß und wir hören uns später.«

»Halt die Ohren steif. Mach's gut.« Ben legte auf.

Er musste seinem Bruder helfen. Nur wie? Er selbst konnte nicht mit Mara sprechen. Die würde ihn wahrscheinlich im Sabie River ertränken. Aber vielleicht gab es einen Weg über Charlotte. Ein paar kurze Anflüge von Verständnis für Christophs Verhalten hatte sie immerhin schon gezeigt.

Auf der Wanderung entlang am unwegsamen Ufer des Flusses versuchte Ben sein Glück. »Charlotte? Warte mal kurz.«

»Was ist?«

Aber nicht nur Charlotte, sondern auch Mara und Michaela blieben stehen und warteten, bis Ben sie erreicht hatte. Neugierige Weiber.

»Ach, weißt du, nichts Wichtiges. Geh weiter.«

Sie warf ihm einen Blick zu, als hätte er nicht mehr alle Büffel auf der Weide. Doch er musste sie allein erwischen.

Als Charlotte gerade nach ihren Freundinnen über einen großen, umgefallenen Baumstamm klettern wollte, hielt er sie am Arm fest.

»He, Charlotte. Weißt du eigentlich, dass Leoparden ihre Beute in die Bäume schleppen, damit ihnen die Löwen nix wegfuttern?«

Sie drehte sich langsam um und sah ihn irritiert an. »Okay, danke für die Info.«

Elegant sprang Ben auf den Baumstamm. »Guck, der Leopard packt die Antilope am Hals und zerrt sie dann auf den Baum.« Er deutete einen Griff in Charlottes Nacken an.

»Pass auf, dass die Antilope dem Leoparden nicht gleich die Fresse poliert!«

Er hob die Hände. »Hui, Antilopen sind ganz schön aggressiv!«

»Ja, ähnlich wie Büffel. Also lass mich jetzt zufrieden.«

»Charlotte, ich muss mal mit dir reden.«

»Danke, kein Bedarf. Am Ende reißt du mir noch meine Gedärme aus dem Leib. Wir verlieren noch den Anschluss an die Gruppe.«

Ohne weiter auf ihn zu achten, stieg sie über den Stamm und eilte den anderen hinterher.

Mist! So klappte das also auch nicht.

Charlottes Aufmerksamkeit galt offensichtlich nicht ihm, sondern eher Mike. Hastig setzte sie sich wieder an seine Seite und quatschte ihn voll.

Ben rettete sie vor Spinnen, Mike ärgerte sie damit – und *ihn* himmelte sie an? Verkehrte Welt!

Nicht, dass er von ihr angehimmelt werden wollte. Im Leben nicht!

An einem breiten Flussbett stiegen sie die Böschung hinunter, um die Abendsonne zu genießen und stießen prompt auf eine kleine Gruppe von Nilpferden.

»Verhaltet euch ruhig«, warnte Mike. »Nicht provozieren und Abstand halten. Nilpferde sind nicht besonders freundlich.«

Alle kauerten sich ans Ufer und beobachteten die riesigen Tiere. Friedlich lagen sie im Wasser und scherten sich nicht um die ungebetenen Gäste.

Die hockten nur leise flüsternd auf den riesigen Steinen, die den Sabie River an dieser Stelle säumten. Die steile Böschung war mit riesigen Bäumen mit dicken Stämmen und saftig grünem Buschwerk bewachsen.

Wenig später traten sie den Rückweg an. Ben sah zu Charlotte hinüber, die von Mike galant über die Felsen geführt wurde. Plötzlich rutschte sie auf dem glitschigen Untergrund aus und hielt sich an Mike fest.

Ging es eigentlich noch kitschiger? Als hätte sie den Glibber unter ihren Füßen höchstpersönlich dorthin gezaubert.

Auffallend lange hielt Mike Charlotte fest und sah sie dabei an. Dann löste sie sich kichernd von ihm.

Nun rollte Ben mit den Augen. Hatte er von Charlotte gelernt. Das war ja nicht auszuhalten.

Mehr von diesem schmalzigen Anblick konnte er nicht ertragen. Er wandte sich ab und marschierte im Eiltempo voraus in Richtung der Lodge.

Dort angekommen, nutzte er die Gelegenheit, ein paar Runden für sich allein im eiskalten Wasser des Pools zu schwimmen. Doch es dauerte nicht lang, bis auch die anderen eintrafen und ihm Gesellschaft leisteten. Finn aus den Niederlanden trank gemütlich mit ihm ein Bier, während die Damen mit der Wassertemperatur kämpften.

»Scheiße, ist das kalt«, beschwerte sich Charlotte. »Wie hältst du das aus?«

»Ich bin ein Mann!«

Sie seufzte. »Ich muss wieder raus hier, sonst erfriere ich noch.«

Sehr schade! Charlottes Anblick im Bikini war gar nicht mal schlecht. Doch sie wickelte sich hastig in ein riesiges Badehandtuch und verließ den Poolbereich.

Aus dem Augenwinkel sah Ben, wie sie Mike in die Arme lief und mit ihm ein angeregtes Gespräch begann. Sie lachte und fuhr sich immer wieder lasziv durch die Haare.

Deutlicher konnte sie ihr Interesse kaum bekunden.

Dann verschwanden beide aus Bens Blickfeld, und er widmete sich wieder seinem Gesprächspartner. Mit Finn konnte man sich wunderbar über beliebte Biersorten in den Niederlanden unterhalten.

Als jedoch auch Ben langsam die Beine zitterten, stemmte er sich aus dem Pool und schlang sich ein

Handtuch um die Hüften. Er bog um die Ecke zu seinem Zimmer und sah gerade noch, wie Mike ebendiese Tür hinter sich schloss und in die andere Richtung huschte.

Hat der Typ uns beklaut?

Ben betrat das Zimmer und hörte Charlotte im Bad.

Okay, er hat uns nicht beklaut. Die beiden haben eine Nummer geschoben. Unfassbar!

Er klopfte an. »Ich würde gern duschen. Wie lange brauchst du noch?«

Sie riss die Tür auf und hatte ein unnormal zufriedenes Lächeln auf den Lippen. »Bin schon fertig. Du kannst rein«, flötete sie und band ihre nassen Haare zu einem Zopf zusammen.

Haben die es etwa unter der Dusche getrieben?

»Danke«, war das einzige, was er herausbrachte. Er sah Charlotte nach, wie sie aus dem Zimmer tänzelte.

Eigentlich wollte er nun nicht mehr duschen.

Nach dem Abendessen setzte sich die Gruppe an die Bar und kostete sich durch die Cocktailkarte. Die Betreuerin der Lodge stand hinterm Tresen und kam mit den Bestellungen der Reisegruppe kaum hinterher. Ben hatte sich einen Drink aus Sahnelikör, Wodka und verschiedenen Säften mixen lassen, der einfach herrlich schmeckte.

»Darf ich mich zu dir setzen?«, fragte er Mike, der gerade etwas abseits in einem Holzstuhl saß und seine Gruppe beobachtete.

»Sicher.«

»Ich hätte euch zwei heute fast erwischt«, konfrontierte Ben ihn ohne Umschweife.

Mike schluckte. »Erwischt? Was meinst du?«

»Du hast vorhin unser Zimmer verlassen, kurz bevor ich rein bin. Also, du kannst ja tun und lassen, was du willst, aber ich möchte es wirklich nicht sehen, wie ihr miteinander pimpert.«

»Wir haben nicht ...«

»Ach komm. Wir wissen beide, dass ich recht habe. Ist ja auch nix dabei. Nur, wie gesagt, ich bin nicht scharf drauf, das mitanzusehen.«

»Sorry, Alter, das ist einfach so passiert und war nicht geplant. Und wiederholen wird sich das ohnehin nicht.«

Ben musterte ihn. »Tatsächlich?«

»Hör mal, deine Freundin wirkt auf mich ...«

»Sie ist nicht meine Freundin«, unterbrach Ben ihn.

»... deine *Bekannte* wirkt auf mich nicht naiv. Ihr ist ganz bestimmt klar, dass das nix Ernstes sein kann.«

»Etwas Ernstes nicht, aber ich weiß ja nicht, was sie sich davon noch erhofft. Sie war vorhin ungewöhnlich gut drauf.«

»Ich glaube nicht, dass dich das etwas angeht, nichts für ungut. Wir haben ein bisschen Spaß gehabt, und das war's. Dass sie danach nicht unglücklich war, rechne ich mal meinem Leistungsvermögen als Liebhaber an.«

Ben hob die Hände. »Sorry, ich wollte dich nicht kritisieren. Kann mir ja auch wurscht sein, wenn ihr das vorher geklärt habt. Ich möchte nur die nächsten Tage keine miesgelaunte Mitbewohnerin haben, weil sie irgendetwas falsch verstanden hat.«

»Kann es sein, dass du dir etwas zu viele Sorgen machst?« Mike legte den Kopf schief und grinste. »Ich will mich nirgends dazwischendrängen, aber Charlotte sagte mir, dass ihr euch nur notgedrungen ein Zimmer teilt und euch eigentlich nicht einmal leiden könnt.«

»Was? Ich mache mir keine Sorgen! Sie lässt es nur wieder an mir aus, wenn ihr etwas nicht passt.«

»Schon verstanden. Aber ich schätze, sie und ich sind uns da einig.«

»Okay. Dann ist ja gut. Ich hole mir noch etwas zum Trinken. Möchtest du auch?«

»Lass mal, ich geh dann schlafen. Wir brechen morgen sehr früh in den Kruger Nationalpark auf.«

»Na dann, schlaf gut. Und sorry nochmal für meine Neugier.«

»Schwamm drüber!«

Ben schlenderte zurück zum Tresen, bestellte sich einen weiteren Cocktail und beobachtete Charlotte, Mara und Michaela, die sich, offensichtlich sehr angeheitert, mit dem norwegischen Pärchen Julie und Henrik und den Niederländern Sara und Finn unterhielten.

Unter dem Dach der Bar baumelten einige Windlichter, und an den Pfosten der Geländer waren Fackeln angebracht, die ein harmonisches Licht in die Nacht warfen. Leise Loungemusik unterstrich die friedliche Stimmung.

Nachdem sich Mike von allen verabschiedet hatte, nahm Ben Charlotte diskret zur Seite.

»Kann ich dich etwas fragen?«

»Was denn? Willst du wissen, was zwischen mir und Mike gelaufen ist?«, fragte sie barsch. »Du hast wohl nichts aus ihm herausbekommen, oder über was hast du dich eben mit ihm unterhalten?«

»Werd nicht gleich wieder so aggressiv. Ich will doch keine Details wissen.«

»Und was möchtest du dann von mir?« Sie verschränkte die Arme und sah ihn ungeduldig an.

»Ist dir klar, dass das für Mike eine einmalige Sache war?«

»Und wenn schon. Was geht dich das an?«

»Nichts, das weiß ich.«

»Da bin ich ja beruhigt. Aber danke für die Warnung.«

»Ich will doch nur nicht, dass er dich kränkt.«

Sie verengte die Augen.

Oh, das kam jetzt sicher falsch rüber.

»Also, ich meine, dann wirst du wieder so mürrisch!«

Charlotte schnappte sich ihren Drink und nahm einen großen Schluck durch den Strohhalm. »Ich bin nicht blöd, falls du das denkst. Mir ist schon bewusst, dass das hier nur ein Urlaub ist, ich danach wieder heimfliege und nie wieder etwas von Mike höre. Ich *will* auch nichts von ihm hören. Von *keinem* Mann. Ich habe aber entschieden, dass ich doch ruhig ein wenig Spaß haben kann. Meine Erwartungen an eine Beziehung kann sowieso keiner erfüllen. Deswegen muss ich nicht auf Sex verzichten. Macht ihr Kerle ja auch nicht.«

»Das leuchtet ein. Und welche Erwartungen hast du an eine Beziehung?«

Sie zog eine Augenbraue nach oben. »Willst du das jetzt wirklich wissen? Soll das ein Plausch unter Freunden werden?«

»Warum nicht? Wir haben immerhin abgemacht, dass wir uns nicht zoffen wollen.«

Ihr Gesicht entspannte sich. »Du hast recht. Hab ich schon wieder vergessen.«

Lächelnd setzte sie das Glas nun direkt an die Lippen und leerte es in einem Zug.

»Aber nur bei einem Cocktail«, bestimmte sie und bestellte zwei neue.

Kapitel 10
Charlotte

Der Innenraum des Trucks war mit einer glitzernden Christbaumgirlande geschmückt. Mike meinte es sicher gut und wollte etwas Weihnachtsstimmung verbreiten, doch bei über zwanzig Grad Außentemperatur, einer bevorstehenden Fahrt in den Kruger Nationalpark und einem dicken Kopf war Charlotte ganz und gar nicht in Festtagslaune. Das war gestern Abend wohl doch ein Cocktail zu viel gewesen. Wenn das so weiterging, wurde sie hier noch zum Alkoholiker! Zum Glück hatte sie gestern in einem Laden wenigstens ein Fläschchen Mascara, Kajalstift und Rouge ergattern können. Damit konnte sie heute gleich die Spuren von letzter Nacht im Gesicht überdecken. Allerdings hatte sie vergebens nach Nagellack oder Nagellackentferner gesucht und musste nun mit halb abgeplatztem Lack herumlaufen. Ein Alptraum!

Erschöpft vom dreißigsekündigen Transport ihres schweren Rucksacks in den Truck ließ sie sich in ihren Sitz plumpsen und rieb sich die Schläfen.

Ben setzte sich nicht wie bei den bisherigen Fahrten an das gegenüberliegende Fenster, sondern direkt neben sie.

Verwundert sah sie ihn an.

»Alles okay?«, fragte er.

»Nein, Kopf!«

»Brauchst du eine Schmerztablette?«

»Hast du etwa eine?«

»Nein, aber ich hätte dir eine besorgt.«

»Danke. Ich habe welche dabei.«

»Hab ich mir schon gedacht.«

»Warum bist du plötzlich so nett zu mir? Oh Gott, was hab ich gestern gemacht? Ich kann mich nicht mehr erinnern.«

Er lachte. »Keine Angst, nichts, was du bereuen müsstest. Obwohl ...«

»Was!?«

»Na ja, das mit Mike ...«

»Das muss ich nicht bereuen. Und damit ist das Thema beendet, verstanden? Aber über was haben wir gestern Abend noch gesprochen? Ich habe bestimmt nur Blödsinn erzählt.«

Bevor Ben antworten konnte, wetzte Michaela noch schnell in den Truck und warf Mike einen entschuldigenden Blick zu. »Sorry, ich habe nochmal mit der Airline telefoniert.«

»Und, gibt es etwas Neues?«, fragte Charlotte.

»Nun ja, mein Rucksack ist wohl endlich in Johannesburg angekommen und wird nun in die Lodge an der Dolphin Coast geschickt. In den nächsten zwei Unterkünften im Kruger Park und Zululand kann ihn keiner entgegennehmen. Aber immerhin ein Lichtblick.«

»Wann sind wir denn an der Dolphin Coast?«

»In drei Tagen.«

»Endlich!«

»Okay, sind wir dann vollzählig?« vergewisserte sich Mike. »Alle da und munter?«

Mindestens die Hälfte der Gruppe grummelte nur vor sich hin. Den anderen hatten die Cocktails wohl auch zu gut geschmeckt.

Mike grinste wissend und schlug die Tür zum Fahrgastraum zu.

»Du hast übrigens gestern keinen Mist erzählt«, setzte Ben das Gespräch von eben fort. »Wir haben uns wirklich gut unterhalten. Du meintest, dass du keine Beziehung willst, weil du zu viele Ansprüche an einen Mann hast. Außerdem hast du schlechte Erfahrungen gemacht und deshalb sowieso ein Problem mit dem Vertrauen.«

Ungläubig starrte sie Ben an, während Mike den Truck startete und auf die Straße rollen ließ.

»Scheiße, wie peinlich ist das denn?«, entfuhr es ihr.

»Quatsch, ist es nicht«

»Sagst du.«

»Du willst immer alles im Griff haben, nicht wahr? Deine Karriere, dein Liebesleben und dich selbst auch.«

»So lebt es sich einfacher. Zumindest für mich.«

»Du solltest einige Dinge viel lockerer sehen.«

»So wie du, ja? Sag mal, wohnst du ernsthaft noch bei deinen Eltern?«, lenkte sie die Aufmerksamkeit von sich weg.

»Da habe ich meinen Hauptwohnsitz gemeldet, ja. Aber ich bin viel unterwegs, wohne mal hier und mal da.«

»Und was bedeutet das? Machst du permanent Urlaub?«

Ben lachte leise. »Richtigen Urlaub habe ich selten gemacht. Ich habe immer gearbeitet, dort, wo ich war.«

Seit gestern Abend beantwortete er jede Frage, die Charlotte ihm stellte auf eine so ruhige Art und Weise. Er ging weder auf Konfrontation oder provozierte mit frechen Aussagen noch versuchte er, sie aus der Reserve zu locken. Was war denn nun los? Suchte er ein ernsthaftes Gespräch?

»Alles okay bei dir?«, fragte er.

»Ähm ... was?«

»Du hast gestarrt.«

»Oh, sorry. Weißt du, du bist so attraktiv.« Sie grinste. Hoffentlich war die Ironie zu erkennen. »Was hast du denn gearbeitet? Und wo?«

»Nach meinem Studium habe ich als Backpacker in Australien angefangen, habe dort auf Farmen geholfen. Wie man das eben kennt. Danach war ich jeweils sechs Monate in Bolivien und Indien, wobei ich da keine Kohle bekommen habe.«

»Also doch Urlaub?«

»Nee, ganz und gar nicht. So etwas wie gemeinnützige Arbeit.«

»Wow, so hätte ich dich gar nicht eingeschätzt.«

»Das war mir klar«, sagte er lächelnd und schüttelte den Kopf. »Möchtest du auch ein Bier aus dem Kühlschrank?«

»Es gibt einen Kühlschrank im Truck?«, fragte sie verblüfft.

Ben tastete sich im schaukelnden Fahrzeug nach hinten und öffnete eine Tür.

»Pst«, machte Mara von vorn durch die Sitzlehnen hindurch.

»Was?«

»Über was redet ihr da die ganze Zeit?«, flüsterte sie.

»Nichts Besonderes«, winkte Charlotte ab.

»Ich dachte, du spielst in *meinem* Team.«

»Tue ich auch. Keine Panik, ich will ihn ja nicht gleich heiraten. Ich habe dir gesagt, dass ich mich aus euren Streitereien heraushalten werde.«

»Wer streitet?«, fragte Ben, der bereits wieder neben seinem Sitz stand und ihr eine Dose entgegenhielt.

»Mara und du«, sagte Charlotte.

Mara gab einen genervten Laut von sich und drehte sich wieder nach vorn, während sich Ben setzte und Charlotte erneut die Dose präsentierte.

»Ich möchte kein Bier«, lehnte sie ab.

»Ist kein Bier. Das ist Cider.«

»Oh, wie praktisch. Vielleicht gehen dann die Kopfschmerzen weg. Wo hast du den denn ausgegraben?«

»Irgendwo ganz hinten. Mike hatte in Joburg ein paar Getränke aufgefüllt.«

Beide öffneten ihre Dosen, stießen an und nahmen einen großen Schluck.

Das Zeug schmeckte tatsächlich gut.

»Wie ging es dann nach Bolivien und Indien weiter?«, nahm Charlotte den Faden wieder auf.

»In den Sommermonaten jobbe ich als Animateur im Süden. Spanien oder Italien, was sich eben anbietet. Im Winter bin ich auf der Südhalbkugel unterwegs und arbeite hinter der Bar. Ich habe ein paar feste Locations, die mich regelmäßig anfragen, da ist der Job recht sicher. Aber Verträge über mehrere Saisons gibt es nicht. Das ist das Risiko.«

»Hört sich spannend an.«

»Das ist es nicht immer. Wenn du jeden Tag das gleiche Aquafitness-Programm abspulen musst, kann das ganz schön öde werden.«

»Hast du denn schon mal daran gedacht, dir in Deutschland einen Job zu suchen? Was hast du eigentlich studiert?«

»BWL. Wollten meine Eltern so, sonst hätten sie meine Reisen nicht unterstützt. Und einen *anständigen* Job werde ich mir wohl bald suchen müssen. Der Geldhahn wird zugedreht. Bei den Jobs im Ausland habe ich neben Unterkunft und Verpflegung immer nur ein kleines Taschengeld bekommen. Das reicht leider nicht.«

»Es fällt dir schwer, dieses Leben aufzugeben, nicht wahr?«

»Ja, es macht Spaß.«

»Das Leben hat aber auch viele ernste Seiten.«

»Das weiß ich doch. Ich kümmere mich darum, wenn wir wieder in Deutschland sind.«

Tatsächlich? Das wollte sie genauer wissen und hakte nach.

Auf einmal redete Ben von festem Job und geregeltem Leben, obwohl er vor ein paar Tagen noch nichts davon wissen wollte. Er verurteilte Charlottes Entscheidung für die Karriere nicht mehr, sondern fragte sogar interessiert nach ihrem Studium, ihren beruflichen Anfängen und ihren Plänen für die Zukunft. Sie vertiefte sich so sehr in das Gespräch mit Ben, dass sie erst wieder herausgerissen wurde, als die gesamte Reisegruppe an der vorderen Scheibe klebte und auf die Straße blickte.

»Was ist denn dort vorn los?«, fragte Charlotte und drängte Ben in den engen Gang.

Sie gesellten sich zu dem Knäuel aus Leuten und entdeckten einen riesigen Elefantenbullen, der seelenruhig auf der Straße vor dem Truck spazieren ging. Auf die Idee, den Weg zu räumen und das Fahrzeug vorbeizulassen, kam er natürlich nicht.

»Die Tiere hier im Kruger Park sind an Autos und Menschen gewöhnt«, erklärte Mike durch die Sprechanlage. »Normalerweise halten sie Abstand, aber es gibt auch ein paar freche Exemplare, die die Besucher gern provozieren. Wir drängeln jetzt lieber nicht. Wie ihr ja wisst, können Elefanten echt böse werden. Mit Anlauf könnte dieser Bulle da vorn auch unseren Truck umwerfen.«

»Natürlicher Stau im Nationalpark«, kommentierte Frank.

Eine Weile tuckerten sie hinter dem grauen Riesen her und entdeckten schließlich eine riesige Herde Büffel, die an einem See ihren Durst stillte. Im Wasser, am Ufer und überall auf den Wiesen drumherum verteilten sich die Tiere. Es mussten Hunderte sein.

Mike hielt den Truck an.

»Das hier sind Kaffernbüffel. In Südafrika sieht man die sehr oft. Die Herden können tausende Tiere umfassen. Seht ihr die Krokodile im Wasser? Vielleicht greift eines an.«

Gespannt drängte sich die Gruppe an die Fenster und beobachtete den See. Doch die Reptilien hatten scheinbar keinen Hunger. Sie trieben an der Wasseroberfläche und machten keine Anstalten, den Besuchern eine Show zu bieten.

Langsam setzte Mike den Truck wieder in Bewegung und ließ ihn weiter über die Straßen des Nationalparks rollen. Am Wegrand tauchte hier eine Giraffe zwischen den Bäumen auf, dort eine Herde Zebras. Überall in der teils hügeligen Landschaft entdeckten sie Wildtiere.

»Ich wollte doch aber ein Löwenbaby streicheln«, meinte Charlotte und erntete allgemeines Gelächter.

Zum Mittag hielten sie auf einem Rastplatz und bereiteten in der mobilen Küche einen Nudelsalat mit frischem Gemüse zu.

»In einer Stunde geht es weiter«, verkündete Mike nach dem Essen. »Hier auf dem Gelände gibt es ein Freibad. Nutzt das, in unserem Camp später haben wir das nicht.«

Das ließ sich die Gruppe nicht zweimal sagen. Die Sonne brannte vom Himmel, also würde eine kleine Abkühlung sicher guttun.

Alle kramten ihre Badesachen aus den Rucksäcken und zogen sich in den Umkleidekabinen um.

Als Charlotte das dunkle Räumchen verließ, entdeckte sie Mike, der unter einem Sonnenschirm saß. Er hatte noch seine Klamotten an, wollte offensichtlich nicht schwimmen gehen.

Mit betont grazilen Bewegungen schlenderte sie auf ihn zu und lächelte ihn kokett an. »Du willst dich nicht ein wenig erfrischen?«

»Ich kann nicht schwimmen«, entgegnete er und grinste.

»Du machst Witze!«

»Nein. Hat mir nie jemand beigebracht.«

»Wie kann man in einem Land mit Millionen von Pools leben und nicht schwimmen können?«

Er zuckte mit den Schultern, hatte aber immer noch dieses Grinsen im Gesicht. Charlotte konnte nicht deuten, ob er sich wieder einmal nur einen Spaß erlaubte oder es ernst meinte.

»Ich kann es dir beibringen«, bot sie mit laszivem Unterton an.

»Geh du mal schwimmen, Süße. Ich ruhe mich hier ein bisschen aus«, winkte er ab und verschränkte die Finger hinter dem Kopf.

Es entging Charlotte nicht, dass er sie dennoch von oben bis unten musterte. Deshalb gab sie sich besonders viel Mühe, mit dem Po zu wackeln, während sie zum Pool hinüberlief.

Das Becken war riesengroß und gut besucht von den Gästen des Nationalparks. Es war umgeben von gepflegtem Rasen, auf dem etliche Sonnenliegen, Schirme und Sitzgruppen aus Holz verteilt waren.

Charlotte fiel auf, dass dieses Gelände eingezäunt war, was bei den restlichen Camps nicht der Fall war, wie Mike gesagt hatte. Offenbar sollten die großen Tiere des Nationalparks nicht den Pool stürmen.

Ben hatte bereits nasse Haare und stützte sich gerade am Rand des Beckens ab. Auch er verfolgte Charlotte mit einem Blick, den sie als interessiert, wenn nicht sogar gierig interpretierte. Männer waren wirklich so einfach zu manipulieren.

»Sehr gelungener Auftritt«, frotzelte Michaela, die einen geblümten Badeanzug trug. Sicher ein Ersatzteil von Mara. »Und wen wolltest du jetzt damit beeindrucken?« Ihre Freundin zwinkerte ihr zu.

»Niemanden.«

»Wieso? Wen wollte sie denn beeindrucken«, fragte Mara völlig ahnungslos.

»Niemanden«, wiederholte Charlotte hartnäckig.

»Ich tippe auf Ben«, plapperte Michaela drauf los. »Obwohl Mike offenbar auch nicht abgeneigt ist. Ich habe euch gestern vom Pool aus gesehen. Ihr habt euch ja prächtig amüsiert.«

»Hey, halt jetzt deine Schnatter!«, empörte sich Charlotte. »Hier ist niemand irgendwem zugeneigt.«

»Du willst Ben beeindrucken?«, fragte Mara nach, die wie immer etwas spät schaltete.

»Ach, Quatsch ...«

»Ich wusste doch, dass ihr euch nicht nur nett unterhaltet.«

»Tun wir aber! Weiter ist da nichts. Ich schwöre!«

»Aber mit Mike läuft etwas«, mischte sich Michaela wieder ein. »Komm schon, wir sind deine Freundinnen. Uns kannst du es doch erzählen.«

Charlotte seufzte, gesellte sich zu den beiden ins kühle Nass und berichtete von ihrer gestrigen Begegnung mit Mike.

Zum Abendessen hatte sich die Reisegruppe um ein Lagerfeuer im Camp versammelt. Alle saßen auf den Klappstühlen aus dem Truck und löffelten das selbst zubereitete Gulasch. Ein paar Impalas zogen gerade an den Hütten vorbei und reckten neugierig die Hälse.

Doch obwohl es Heiligabend war, wollte die richtige Stimmung nicht aufkommen.

»Bescherung ist sowieso erst morgen Früh«, klärte Lola aus Belgien auf. »Wir tauschen unsere Geschenke erst am ersten Weihnachtsfeiertag.«

»Außer wir Deutschen«, bemerkte Frank.

»Mir ist sowieso nicht nach Feiern zumute«, sagte Michaela traurig. »Das erste Weihnachtsfest ohne Emelie. Ich könnte heulen.«

Mitleidig schaute Charlotte zu ihr. »Dann telefonier doch noch einmal mit ihr. Vielleicht geht es dir dann besser. Oder mach einen Videoanruf. Scheiß auf die Kosten.«

»Gute Idee. Werde ich gleich probieren.« Michaela schlang den Rest ihres Essens hinunter und entschuldigte sich.

Aber auch Mara stocherte missmutig in ihrer Schüssel herum.

»Ist nicht leicht. Ich kann dich verstehen«, flüsterte Charlotte ihr zu.

»Es hätte eins der aufregendsten Weihnachtsfeste überhaupt werden können«, jammerte Mara. »Das erste als Ehefrau und das letzte vor der freien Trauung. Stattdessen sitze ich nun hier als verlassene alte Schachtel, die wahrscheinlich allein sterben wird.«

»Jetzt mal nicht den Teufel an die Wand. Vielleicht wird alles wieder gut. Und in ein paar Wochen lachst du darüber«, beruhigte sie ihre Freundin unbeholfen.

»Dein Ernst? Ich soll darüber lachen?«

»Nicht sofort. Tut mir leid. Ich weiß auch nicht, was ich sagen soll oder wie ich dir helfen kann.«

»Wenn wenigstens meine Eltern hier wären«, klagte Mara weiter.

Bevor Charlotte darauf reagierte, biss sie sich lieber auf die Zunge.

Keine spitze Bemerkung, das könnte böse enden!

Stattdessen streichelte sie ihrer Freundin über den Kopf und rollte heimlich mit den Augen.

Offenbar nicht heimlich genug, denn Ben hatte es bemerkt und grinste sie an.

»Also, ich finde, es ist doch mal etwas anderes, in unmittelbarer Nähe von wilden Tieren Weihnachten zu feiern, als jedes Jahr aufs Neue im Wohnzimmer zu hocken, Geschenke zu tauschen, die man sowieso schon kennt, und langweilige Weihnachtslieder zu singen«, mischte sich Ben ein. »Jedes Jahr Würstchen mit Kartoffelsalat und jedes Jahr in die Kirche rennen - ist doch langweilig.«

»Im Grunde hast du ja recht«, pflichtete Charlotte ihm bei. »Aber die Umstände sind im Moment nun mal nicht die besten.«

»Charly, gib dir keine Mühe«, zeterte Mara. »Der Idiot versteht das doch sowieso nicht.«

Ben setzte schon zur Antwort an, doch Charlotte bat ihn mit einer Handbewegung und einem möglichst flehenden Gesichtsausdruck, sich zurückzuhalten.

Sie hatte keine Lust auf eine Eskalation zwischen den beiden vor versammelter Mannschaft, und schon gar nicht an Heiligabend. Denn auch wenn es ihr egal war, wo sie Weihnachten feierte, wenigstens heute sollte es keine Beschimpfungen und Streitereien geben.

Kapitel 11
Charlotte

Am Morgen brachen die Frühaufsteher der Gruppe zu einem Game Drive durch den Park auf.

Zum Glück hatte Ben die Safari wegen akuten Schlafmangels ausfallen lassen. Charlotte brauchte etwas Abstand. Der sonst so lässige Typ hatte ihr gestern mit seinem Geläster über Mara den letzten Nerv geraubt. Immer wieder hatte er sich vor dem Schlafengehen über das Verhältnis zwischen ihr und ihren Eltern aufgeregt, bis sich Charlotte ein Kopfkissen auf die Ohren gepresst hatte.

Im Grunde hatte er ja recht, aber sie musste nun einmal zu ihrer Freundin stehen und es ihr notfalls behutsam beibringen, dass die viel zu enge Beziehung zu ihren Eltern einer Verbindung mit einem Mann wahrscheinlich auch zukünftig im Weg stehen würde. Bens Holzhammermethode half hier jedenfalls nicht.

Charlotte war froh, sich zu dieser frühen Stunde aus dem Bett gequält zu haben, denn die Tour bot einiges, das sie bisher nicht gesehen hatte.

Nur wenige Meter vom Truck entfernt tauchte eine kleine Gruppe von Elefanten auf, die ein Baby in ihrer Mitte hatten.

»Das Kleine ist maximal ein paar Tage alt«, erklärte Mike.

Unbeholfen tapste es über die Straße zwischen ein paar Büsche. Während die Großen gekonnt ganze Äste von den Bäumen rissen und darauf herumkauten, machte der kleine Elefant wohl die ersten Versuche, dünne Zweige von einem Busch zu zerren. Einmal fiel er dabei sogar um.

Ein verzücktes »Oh« ging durch den Truck. Dann verschwanden die Elefanten im Unterholz, und Mike setzte das Fahrzeug wieder in Bewegung.

Kurz vor Ende der Fahrt entdeckten sie endlich ein Löwenrudel, das offenbar eine erfolgreiche Jagd hinter sich hatte. Die Löwinnen schleppten gerade eine erlegte Antilope durch die Büsche.

Als sie den Truck bemerkten, waren sie jedoch schnell verschwunden.

»Schade, dass wir das Beste verpasst haben«, kommentierte Katharina.

»Um Löwen bei der Jagd zu beobachten, dürften wir nicht in einem Truck herumfahren«, meinte Mike. »In der Nähe der Straße lassen sie sich selten blicken.«

Nachdem Mike das Fahrzeug nach der Tour auf dem Parkplatz des Camps abgestellt hatte, bereitete er das Frühstück für den Rest der Gruppe vor.

»Mike? Ich habe hier etwas für dich«, sagte Charlotte.

»Tatsächlich? Was denn?«

»Ein Weihnachtsgeschenk. Ist nur eine Kleinigkeit.«

Zögerlich nahm Mike das kleine Säckchen mit ein paar Süßigkeiten entgegen und bedankte sich höflich.

Dann widmete er sich wieder seiner Arbeit und fing an, die Klappstühle aus dem Truck zu laden.

Hatte der auch schlecht geschlafen? Was war denn nun los? Es war doch nur ein kleines Geschenk.

Schulterzuckend ging sie zu ihrer Hütte, kramte aus dem Rucksack einen Haufen weitere Präsente heraus und überreichte sie draußen an alle aus der Reisegruppe. Die freuten sich wenigstens richtig darüber.

Auch beim gemeinsamen Frühstück wich Mike ihren Blicken aus und suchte beim Packen des Trucks für die Weiterfahrt permanent die Nähe zu einem anderen Gruppenmitglied.

Bildete sie sich das ein? Wollte er einfach nicht mit ihr reden? Der Kerl hatte sicher Schiss! Er mied den Kontakt, weil er Angst hatte, Charlotte könnte mehr wollen. Das musste es sein. So ein Schwachsinn! Daran war sicher Ben schuld, weil er unbedingt in der Baum-Lodge mit Mike hatte reden müssen. So ein blöder Hund!

Ihr nächstes Ziel war die Zululand Lodge, die sie nach einer Fahrt durch das wirtschaftlich bettelarme Swasiland erreichten. Der Unterschied zu Südafrika war an jeder Ecke des Landes erkennbar. Die Gebäude waren verfallen und viele der kleinen Hütten waren nicht einmal verputzt. Sogar das *Welcome-to-Swaziland*-Schild bot einen traurigen Anblick in verblichenen Grautönen.

Nach nicht einmal vier Stunden hatten sie das kleine Land von Norden nach Süden durchquert und waren froh, wieder südafrikanischen Boden unter den Füßen zu haben.

Erst in der Abenddämmerung erreichten sie die Lodge, die in Sachen Komfort nicht mit ihren Vorgängern mithalten konnte. Wie die Bush Lodge lag auch diese in unwegsamem Gelände, bestand aus einem Haupthaus und mehreren Hütten und hatte sogar einen Pool, aber sämtliche Einrichtungen waren eher spärlich ausgestattet. Der Nieselregen, der vor einer Stunde eingesetzt hatte, trug zur bescheidenen Stimmung bei. Das erneut fehlende Handynetz machte die Katastrophe für Charlotte perfekt.

Sie inspizierte zunächst das Schwimmbecken, das durch das größtenteils offene Haupthaus erreichbar war, und entschied, dass sie keinen Fuß hier hineinsetzen würde.

»Die Duschen befinden sich übrigens in einem Nebengebäude«, informierte Mike. »Es gibt leider nur kaltes Wasser, und Strom ausschließlich im Hauptgebäude. Der Weg dorthin und zu den Duschen ist abends nicht beleuchtet, also tragt immer eine Taschenlampe oder das Handy bei euch.«

»Kann's eigentlich noch schlimmer kommen?«, grummelte Charlotte.

»Das ist eben das echte Afrika«, erwiderte Ben.

»Dann mag ich das unechte Afrika lieber!«

»Jetzt holt erst mal euer Gepäck aus dem Truck, sucht euch eine Hütte, und dann bereiten wir gemeinsam das Abendessen vor«, beendete Mike seine Einweisung.

Missmutig schlurfte Charlotte zurück zum Wagen und kletterte die Metallleiter nach oben. Dabei streifte sie mit dem Schienbein eine scharfkantige Stufe. »Au! Scheiße! Verdammter Mist!«

Ben war sofort zur Stelle. »Was ist los? Hast du dich verletzt?«

»Wonach sieht es denn bitte aus?«, schimpfte sie und präsentierte ihren blutigen Unterschenkel. Die Suppe lief über das Bein und tropfte schon auf ihren Schuh.

Auch Mike sah sich die Wunde an und brummte etwas von Desinfektion. Er kramte in einer der Klappen des Trucks und reichte ihr einen Moment später eine Tube und Verbandsmaterial. »Reib die Wunde damit ein, dann sollte es in ein paar Tagen wieder weg sein.«

Dann ließ er sie stehen und verschwand im Haupthaus. *Wie fürsorglich!*

Mara und Michaela bugsierten sie auf eine Holzbank, während Ben eine Flasche aus seinem Rucksack holte.

»Warte, ich spüle die Wunde erst mal mit Wasser aus«, bot er sich an und reinigte sanft die blutige Stelle. Dann tupfte er etwas Salbe darauf und verband Charlottes Bein mit einer Kompresse und einer Mullbinde.

»Danke«, murmelte sie verlegen.

»Keine Ursache. Ich hole deinen Rucksack.«

Mit verschränkten Armen und einer hochgezogenen Augenbraue postierte sich Mara vor Charlotte. »Warum ist er so nett zu dir?«

»Was? Er hat mir doch nur geholfen. Willst du, dass ich verblute?«

»Jetzt übertreib mal nicht! Das überlebst du schon. Aber sollte ich herausfinden, dass da irgendetwas läuft, dann ... bin ich sehr, sehr sauer.«

»Jetzt übertreib *du* nicht! Du siehst Gespenster.«

Mara zeigte auf ihre Augen und dann auf Charlotte.

»I'm watching you«, zischelte sie und stapfte mit ihrem Rucksack in Richtung der Hütten.

Michaela und Charlotte starrten ihr irritiert hinterher.

»Die beruhigt sich schon wieder. Sie ist im Moment wohl etwas überempfindlich«, meinte Michaela und schulterte ebenso ihre Tasche.

»Was ist denn mit der schon wieder los?«

Ben, der gerade zu ihnen zurückkam, sah mit den zwei großen und zwei kleinen Rucksäcken aus wie ein Packesel.

»Ach, frag lieber nicht«, entgegnete Charlotte und humpelte den schmalen Weg zu ihrer Unterkunft.

Die Hütte bestand aus vier Holzwänden und einem Blechdach und bot gerade einmal Platz für die zwei einfachen Betten und einen engen Gang dazwischen.

»Wo ist die Bettwäsche?«, fragte Charlotte genervt.

»Ich schätze, hier gibt es keine. Da musst du deinen Schlafsack nehmen«, antwortete Ben.

»Welchen Schlafsack?« Sie glotzte ihn verständnislos an.

»Du hast keinen dabei?«

»Warum? Bisher gab es immer Bettwäsche.«

»Aber es stand doch in der Reisebeschreibung, dass ein Schlafsack gebraucht wird.«

»Die habe ich nicht gelesen. Keine Zeit.«

»Tja, ähm, dann ... hm. Ich hatte angenommen, dass du dich penibel auf die Reise vorbereitet hast.«

»*Das* habe ich nun mal übersehen. Ach, das ist doch alles scheiße hier. Ich will wieder heim!«, jammerte sie und ließ sich auf dem harten Bett nieder.

»Sind doch nur zwei Nächte. Danach wird es sicher wieder besser.«

»Das will ich doch stark hoffen!«

Nach dem Abendessen saßen einige aus der Gruppe am Lagerfeuer, andere spielten im Haupthaus Karten, und die Norweger waren bereits ins Bett gegangen. Mike räumte noch Geschirr in den Schrank, als Charlotte endlich ihre Chance sah, kurz mit ihm allein zu sprechen.

»Hey, alles okay bei dir?«, fragte sie und reichte ihm zwei weitere Teller.

»Ja, warum nicht?«

»Weil du mir aus dem Weg gehst.«

»Tue ich das?«

»Ja. Und ich weiß absolut nicht, warum. Was habe ich getan?«

»Nichts. Alles in Ordnung.«

»Ist es nicht. Soll ich dir sagen, was nicht stimmt? Du hast Schiss, dass ich dir zu sehr auf die Pelle rücken könnte. Okay, vielleicht mache ich das gerade auch, aber nur, weil ich dir sagen möchte, dass ich nichts von dir erwarte. Wir haben miteinander geschlafen und ich fand es schön. Mir ist aber auch klar, dass wir am Ende der Tour wieder getrennte Wege gehen und uns höchstwahrscheinlich nie wiedersehen. Es gibt also gar keinen Grund, mich auf Distanz zu halten, nur weil du denkst, du wirst mich nicht wieder los.«

Mike erhob sich und blickte sie einen Moment nachdenklich an. Charlotte stand vor ihm, eine Hand in der Hüfte, eine auf den Tresen gestützt, und wartete.

»Was sollte das heute Morgen mit dem kleinen Geschenk?«

»Haben alle von mir bekommen. Du bist also nichts Besonderes«, erklärte sie.

»Du willst also auch nur deinen Spaß und nervst mich später nicht mit zahllosen Nachrichten und Liebesgeständnissen?«, hakte er nach.

Sie hob eine Hand. »Ich schwöre.«

»Böses Mädchen«, feixte er. »Du hast also Lust auf Nachschlag?«

»Ich habe genauso meine Bedürfnisse wie du.«

Wieder schien er abzuschätzen, ob sie es ernst meinte, dachte einen Augenblick nach.

»Du gefällst mir!«, entschied er, griff nach ihrer Hand, prüfte, ob sie keiner beobachtete und zog sie nach draußen über den dunklen Weg mit hinein in seine Hütte.

Kaum hatte er die Tür mit dem Fuß zugestoßen, fing er an, sie zu küssen. Gierig umschlang er sie mit den Armen und presste seine Hüfte an ihre.

Charlotte öffnete seine Sweatjacke, streifte sie ihm von den Schultern und zerrte gleich darauf das T-Shirt über seinen Kopf.

Nachdem auch ihr Pullover in einer Ecke gelandet war, ließen sie sich auf das Bett sinken.

***

Leise schlich sich Charlotte im Morgengrauen aus Mikes Behausung in ihre eigene Hütte und kramte möglichst geräuschlos ihr Handtuch aus dem Rucksack. Ben schlief tief und fest in seinem Schlafsack. Seine Gesichtszüge waren in diesem Moment so unschuldig, dass Charlotte unwillkürlich lächeln musste. Das passte gar nicht zu ihm.

Als er den Kopf bewegte und leicht seufzte, verließ sie die Hütte schnell wieder. Auf dem Weg zu den Duschen fröstelte sie, denn der Nieselregen von gestern hatte wieder eingesetzt und die Temperatur war weiter gesunken. Das Meer aus grauen Wolken ließ keinen Sonnenstrahl hindurch.

Na prima, und jetzt nur kaltes Wasser.

Aber nach der aufregenden Nacht war es wahrscheinlich ohnehin besser, sich ein wenig abzukühlen.

Das einfach gemauerte Häuschen besaß keine Tür. Nur zwei versetzte Mauern am Eingang verhinderten neugierige Blicke nach drinnen. Zwischen den einzelnen Duschkabinen waren Trennwände mit hässlichen Fliesen aufgestellt, aber auch Vorhänge gab es nicht. Doch zu dieser frühen Stunde sollte ohnehin noch niemand wach sein, also entblätterte sich Charlotte flink und hängte ihre Sachen an einen Haken, das Handtuch an einen weiteren. Sie drehte das Wasser auf und prüfte den spärlichen Strahl auf seine Temperatur.

Das war ja noch kälter als erwartet! Oder vielleicht dauerte es nur eine Weile, bis es ein wenig angenehmer wurde?

Zitternd wartete Charlotte, doch es tat sich nichts. Sie hatte sogar das Gefühl, dass es immer schlimmer wurde. Also sprang sie schnell unter den Duschkopf und konnte einen Schrei nicht ganz unterdrücken. Da hätte sie auch gleich in einen Bergsee hüpfen können.

Sie ließ das Wasser neben sich heruntertröpfeln und seifte sich in Windeseile ein. Um das Duschgel wieder loszuwerden, sprang sie mehrmals für ein paar Sekunden unter den Strahl, länger hielt sie es nicht darunter aus.

»Sehr interessante Art, zu duschen«, hörte sie plötzlich eine Stimme hinter der Mauer.

Sie quiekte schrill, schnappte sich hastig ihr Handtuch und wickelte es sich um den Körper.

Das war Ben! Ungeheuerlich!

»Was fällt dir ein!?«, polterte sie los. »Beobachtest du mich etwa unter der Dusche? Du Spanner, du!«

»Mach mal halblang. Ich bin nur an deiner Kabine vorbei und habe nicht viel gesehen.« Seine Stimme klang mürrisch. »Du hättest doch die letzte nehmen können, dann hättest du mir deine akrobatische Einlage erspart.«

Nun lugte sie nach nebenan und sah Ben, der gerade sein T-Shirt auszog. Eine tiefe Falte zwischen den Augenbrauen verriet ihr, dass er nicht in bester Stimmung war.

»Willst du *mich* jetzt etwa unter der Dusche beobachten?«, fragte er gereizt.

»Als wärst du nicht exhibitionistisch veranlagt. Das hab ich doch alles schon gesehen. Unfreiwillig, wohlbemerkt.«

»Ich würde jetzt gern in Ruhe duschen«, sagte er und hielt inne, bevor er sich die Boxershorts von den Beinen streifte.

»Das wollte ich auch«, entgegnete sie spitz und zog sich zurück.

Gott, hatte der eine Laune. Schlecht geschlafen oder was? Dabei hatte er doch die Hütte diese Nacht für sich allein gehabt.

Beim anschließenden Game Drive durch den Hluhluwe-Imfolozi Park wählte Ben sogar den anderen der beiden Jeeps, auf die sich die Gruppe aufteilte.

Aber Charlotte konnte er nicht herunterziehen. Trotz Regenwetter war sie bestens gelaunt.

Gleich zu Beginn der Safari stießen sie auf eine Herde Zebras, die die Straße blockierte und neugierig in die Fahrzeuge lugte. Völlig unbeeindruckt von den Touristen wanderten sie von der einen auf die andere Seite des Weges, ließen sich fotografieren und bestiegen einander sogar.

»Guck mal, die haben genauso viel Spaß wie Charlotte letzte Nacht«, kommentierte Michaela nach einer Weile.

»Wie kommst du denn darauf?«

»Du grinst schon den ganzen Morgen vor dich hin. Und außerdem habe ich dich gestern Abend mit Mike aus dem Aufenthaltsraum schleichen sehen.«

»Langsam bekomme ich das Gefühl, du spionierst mich aus«, erwiderte Charlotte lachend.

»Sorry, aber besonders vorsichtig seid ihr ja nicht gerade. Ich wette, dass mindestens die Hälfte der Gruppe ebenso Bescheid weiß.«

»Oh Gott, wie peinlich!«

»Besser Mike als Ben«, schaltete sich Mara ein. »Alles andere kann dir doch egal sein.«

»Ja, schon. Und ihr findet das auch okay? Ich will euch nicht blamieren.«

»Du bist eine erwachsene Frau und kannst tun und lassen, was du willst«, sagte Michaela.

»... außer mit Ben«, ergänzte Mara.

»Du bist Single, hab deinen Spaß!«

»... außer mit Ben.«

»Danke, Mädels. Ich dachte schon, ich muss mich jetzt in Grund und Boden schämen. Und Mara, keine Angst, mit Ben läuft wirklich nichts. Der ist mir viel zu launisch. Keine Ahnung, was der gefrühstückt hat.«

»Ich kann dir sagen, was ihm nicht passt«, meinte Michaela.

»Ach! Was denn?«

»Dass Mike und du im Bett gelandet seid. Schon wieder.«

»Warum sollte ihm das nicht passen?«

»Himmelherrgott, Charlotte! Ich habe dich für eine intelligente Frau gehalten, aber in diesem Fall bist du echt begriffsstutzig.«

»Na hör mal!«

»Ja, ich höre. Und vor allem kann ich sehen. Ben fühlt sich zu dir hingezogen, und dass du mit Mike rummachst, wurmt ihn.«

»Was?!«, kreischte Mara. »Was hast du getan?«

»Jetzt sagt bloß, euch ist das nicht aufgefallen«, seufzte Michaela. »Meine Güte, Mädels, ihr habt echt Tomaten auf den Augen.«

»Das ist doch lächerlich«, winkte Charlotte ab. »Ich habe überhaupt nichts gemacht.«

»Ihr versteht euch in den letzten Tagen sehr gut, und gestern hat er sich so aufmerksam um deine Verletzung gekümmert, dass ich schon dachte, er trägt dich gleich zur Hütte und füttert dich mit Hühnerbrühe.«

»So ein Quatsch!«

»Ich wusste es.« Mara hob den Zeigefinger. »Du bist viel zu nett zu ihm.«

»Ich hatte garantiert nicht im Sinn, ihm schöne Augen zu machen. Ich kläre das.«

Es war doch absurd, dass Ben in Charlotte mehr sah, als eine ungeliebte Zimmernachbarin. Ja, sie verstanden sich in letzter Zeit ganz gut, aber es gab auch genug

Momente, in denen sie stritten. Das musste Charlotte unbedingt aus der Welt schaffen.

Sie spähte zu ihm hinüber.

Noch immer saß er mit verkniffenem Ausdruck auf seinem Platz im Jeep. Selbst die zwei Breitmaulnashörner, die gerade am Fahrzeug entlangspazierten, entlockten ihm keine Gefühlsregung.

Umso mehr war Charlotte von den riesigen, behäbigen Tieren fasziniert. Langsam bewegten sie sich so nah am Auto vorbei, dass sie nur die Hand hätte ausstrecken müssen, um sie zu berühren. Wahrscheinlich hätte die beiden das nicht einmal gestört. Völlig unbeeindruckt von den Fahrzeugen auf den Wegen liefen sie weiter, hinein in die Büsche.

Bis zum Abend hatte Charlotte keinerlei Gelegenheit, Ben auf sein Verhalten anzusprechen, da er ihr jedes Mal gekonnt entwischte. Seine Laune hatte sich den ganzen Tag nicht gebessert, und langsam befürchtete sie, dass das tatsächlich ihretwegen war. Vor ein paar Tagen konnte er sie noch nicht einmal leiden und jetzt schmollte er stundenlang, weil sie mit jemand anderem in die Kiste hüpfte? Ausgeschlossen.

Dafür war Mikes Stimmung hervorragend. Er flirtete mit ihr, wann es nur ging, neckte sie, suchte Körperkontakt. Für Außenstehende nur subtil, für sie jedoch offensichtlich.

Ben war beim Zusammensitzen am Lagerfeuer unbemerkt abhandengekommen, also verabschiedete sich auch Charlotte für heute von den übrigen fünf Gruppenmitgliedern und tastete sich zu ihrer Hütte.

Wie sie erwartet hatte, war Ben bereits zu Bett gegangen.

Schlafen konnte er jedoch sicher noch nicht, denn vor fünfzehn Minuten hatte sie ihn noch gesehen.

Geräuschvoll schloss sie die Tür und setzte sich auf ihr Bett.

»Ben?«, flüsterte sie.

Er reagierte nicht.

»Ben!«

Jetzt brummte er wenigstens.

»Kann ich mal mit dir reden?«

»Ich schlafe.«

»So ein Schwachsinn! Du bist noch wach, das weiß ich.« Sie schaltete die Taschenlampe ihres Handys an.

Er seufzte tief und drehte sich auf den Rücken. Abwartend verschränkte er die Hände hinter dem Kopf. »Und worüber möchtest du sprechen? Das Wetter soll morgen besser werden.«

»Ich will doch nicht mit dir über das Wetter quatschen, sondern über deine Laune heute den ganzen Tag.«

»Die ist ausgezeichnet.«

»Wenn man der Grinch ist, vielleicht.«

»Jetzt sag schon, was willst du von mir?«

»Theoretisch nichts. Die Frage ist: Was willst du von *mir*?«

»Hä?«

»Okay, du bist den ganzen Tag schon mies drauf, und Michaela meint, dass es daran liegt, dass ich mit Mike … du weißt schon. Sie sagte, dass dir …«

»Warte mal!«, unterbrach er sie und setzte sich auf. »Du denkst, dass ich etwas für dich übrighabe und nun angepisst bin, weil du mit unserem Guide in die Kiste springst?«

»Das denke ich eben nicht. Michaela sagte das. Aber ich finde, das ist lächerlich. Es ist doch lächerlich, oder?«

»Ja, total!«

»Puh, da fällt mir jetzt echt ein Stein vom Herzen. Ich meine, du bist netter als ich dachte, aber lass uns mal ehrlich sein, wir zwei sind so verschieden, das geht gar nicht. Wie Hund und Katze, wie Fuchs und Hase, wie Löwe und Hyäne ...«

»Fragt sich nur, wer die Hyäne ist.«

»Also ich bin die Löwin! Das ist mein Sternzeichen.«

»Egal, ich habe es kapiert. Und es tut mir leid, dass ich heute nicht das Sonnenscheinchen war. Ich hatte einfach nur einen schlechten Tag.«

»Ganz sicher?«

»Ganz sicher! Kann ich jetzt weiterschlafen?«

Charlotte machte eine zustimmende Handbewegung. »Es sei dir gestattet.«

Umständlich kramte sie nun ein paar Kleidungsstücke aus dem Rucksack, formte sich daraus ein Kissen und breitete ihr Badetuch über sich aus. Darunter schlüpfte sie aus ihren Klamotten und zog sich ihren Pyjama an.

»Wird's denn gehen?«, fragte Ben schließlich, den das Gewühle anscheinend nervte.

»Weiß ich noch nicht.«

»Was ist denn das Problem?«

»Das nasse Handtuch. Bei dem Dreckswetter heute ist es nicht getrocknet.«

»Benutzt du dein Handtuch etwa als Bettdecke?«

»Hast du eine bessere Idee? Ich habe keinen Schlafsack, wie du weißt.«

Nach einer Weile räusperte er sich. »Ähm ... versteh das jetzt nicht falsch, aber möchtest du mit in meinen Schlafsack kommen?«

»Wie bitte?«

»Na ja, es ist heute nicht besonders warm, und du hast nur einen nassen Lappen als Decke ... nicht, dass du krank wirst. Ich habe einen großen Schlafsack und noch jede Menge Platz.«

Sie überlegte einen Augenblick. Alles in ihr sträubte sich dagegen, zu Ben in den Schlafsack zu krabbeln. Das ging nicht. Sie konnte doch nicht ...

Andererseits war die Vorstellung eines warmen Nachtlagers zu verlockend.

Nach kurzem Zögern schlug sie ihr Handtuch zurück und huschte zu Ben.

»Wehe, du erzählst Mara davon«, drohte sie und legte sich neben ihn.

»Fuck, du hast ja eiskalte Füße«, beschwerte er sich.

»Mir ist auch saukalt.«

»Na dann, komm her.« Er zog sie näher an sich und schloss den Reißverschluss um sie herum.

»Das bleibt aber unter uns, sonst muss ich dich töten«, erklärte Charlotte noch einmal.

»Ja, ja, schon gut. Und jetzt halt die Klappe.«

Sie schmiegte sich an seinen warmen Körper, auch wenn sie Zweifel plagten, ob das wirklich eine gute Idee war. Aber immer noch besser, als elendig zu erfrieren.

Während sie eine bequeme Position suchte, stieß ihr Bein an etwas Hartes.

»Ist das ...? Hast du einen Ständer?«, quietschte sie entgeistert.

Beschämt legte sich Ben einen Arm über die Augen und brummte. »Tut mir leid.«

Sie drückte sich ein wenig von ihm weg, soweit es in dem Schlafsack eben ging. »Das ist ja unfassbar!«

»Ich bin auch nur ein Mann, und ich hatte seit Wochen keinen Sex. Da kann ich meinen General eben nicht mehr kontrollieren.«

»*General?* Ernsthaft?«

»Du kannst ihn nennen, wie du willst.«

»Das glaub ich jetzt nicht!«

»Meinst du, ich mache das mit Absicht?«

»Ja.«

»Dann hast du keine Ahnung von Männern.«

Charlotte stieß einen entrüsteten Laut aus und wollte bereits den Reißverschluss öffnen, als Ben sie aufhielt.

»Komm schon, ich schwöre dir, ich habe nichts Anzügliches im Sinn. Sieh es doch als Kompliment. Du bist eine hübsche Frau. Wer würde sich da nicht über so engen Körperkontakt *freuen*.«

»Du bist echt unmöglich.«

»Das ist meine Spezialität.«

»Trotzdem hat dein Schwanz nichts an meinem Bein verloren.«

»Dann leg es doch woanders hin.«

»Nicht so einfach in dem Ding hier.«

»Warum habe ich sie nur eingeladen«, murmelte er zu sich selbst, doch natürlich konnte Charlotte ihn hören.

»Ich kann auch gern wieder in mein Bett gehen.«

»Meine Güte, jetzt reg dich ab und schlaf! Ich bin absolut und überhaupt nicht an dir interessiert.«

Sie grummelte vor sich hin und drehte sich wieder in eine bequeme Position. Eine Weile lauschte sie Bens tiefen Atemzügen.

»Du freust dich über engen Körperkontakt mit mir?«, flüsterte sie schließlich.

Entnervt schlug er sich an die Stirn. »Nein. Definitiv nicht. Du bist mir viel zu anstrengend.«

Charlotte lächelte in sich hinein. Selbstverständlich freute er sich. Oder zumindest seine Männlichkeit. Wenn er sie so abstoßend fände, wie er behauptete, würde es seinen Dödel ohne Zweifel kalt lassen. Ein wenig geschmeichelt fühlte sie sich schon, auch wenn es ein komisches Gefühl war, mit einem Mann zu kuscheln, von dem sie eigentlich nichts wollte.

Kapitel 12
Ben

Es war heiß. Brütend heiß. Das Blechdach der Hütte hatte den Innenraum in eine Sauna verwandelt. Offenbar hatte sich das Wetter gebessert und die Sonne schien bereits. Charlottes warmer Körper ganz nah an seinem tat sein Übriges. Sie lag halb auf ihm drauf, der Kopf auf seiner Brust. Noch stundenlang hätte er ihr beim Schlafen zusehen können, doch er hatte das Gefühl zu ersticken. Warum störte sie das nicht?

Außerdem befürchtete er weitere Eskapaden seines Generals, was die Frau in seinem Arm sicher endgültig in die Flucht schlagen würde.

»Charlotte?«, flüsterte er.

Sie grummelte lediglich.

»Hey, aufwachen. Wir müssen aufstehen.«

»Hm?« Sie hob langsam den Kopf und blickte ihn mit verschlafenen Augen an. »Oh, scheiße.«

»Nein, alles okay.«

»Wieso liege ich auf dir?«

»Das kann ich dir leider nicht beantworten.«

»Das darf niemand erfahren, sonst ...«

»... tötest du mich. Ich weiß, ich weiß.«

»Nein, ich fürchte, Mara tötet mich zuerst.«

»Die Frau hat wirklich ein Problem.«

»Du weißt warum«, seufzte Charlotte und rappelte sich auf.

»Meine Güte, sie soll langsam drüber wegkommen.«

»Es ist keine zwei Wochen her«, erinnerte sie ihn, doch er konnte den Hauch eines Lächelns auf ihrem Gesicht ausmachen. Ein eindeutiges Zeichen, dass auch sie Maras Verhalten nicht guthieß.

»Hab noch ein wenig Geduld mit ihr«, sagte sie und schälte sich aus dem Schlafsack.

Charlotte hatte ihren kurzen Pyjama an. Kein Wunder, dass sie unter ihrem dünnen Handtuch gefroren hatte. Allerdings stand ihr der Shorty ausgesprochen gut und ließ wenig Raum für Interpretation.

»Irgendwann wird sie dir nicht mehr die Augen auskratzen wollen«, fuhr sie fort, während sie ihre Klamotten zusammensuchte.

»Och du, so wichtig ist mir das jetzt auch nicht.«

»Du weißt aber schon noch, dass sie meine Freundin ist, oder?«

»Sei ehrlich, es war nicht die Überraschung des Jahrhunderts, dass Christoph sie hat sitzenlassen.«

»Ich verweigere die Aussage.«

»Wusste ich es doch.«

Auf der Fahrt an die Küste herrschte eine gute Stimmung. Dass die Gruppe die wenig komfortablen Blechhütten hinter sich gelassen hatte, freute offenbar jeden. Nun lag eine moderne und gut eingerichtete Lodge vor ihnen.

Ben hatte sich wieder neben Charlotte gesetzt, was Mara mit einem kritischen Blick bedachte. Ein demonstratives Grinsen konnte er sich daraufhin einfach nicht verkneifen.

Die Verlobte seines Bruders ging ihm gehörig auf die Nerven. Oder Ex-Verlobte. Wie auch immer. Ihm war es relativ wurscht, ob die beiden wieder zusammenfanden. Wobei es Christoph schon sehr leidtat und er am Telefon alles andere als glücklich gewirkt hatte. Ben wusste, dass sein Bruder Mara trotz ihrer Macken liebte. Jeder hatte seine Schwächen. Vielleicht sollte er als Schwager – oder Ex-Schwager – auch mal die Stärken in Mara suchen.

»Leute, ich muss euch etwas mitteilen«, meldete sich Mike durch die Sprechanlage. »Unsere Lodge an der Dolphin Coast hat einen Wasserschaden. Wir müssen leider auf eine andere Unterkunft ausweichen.«

»Was?«, kreischte Michaela. »Was ist mit meinem Rucksack?«

»Das ist der Haken an der Sache«, antwortete Mike, der Michaelas Ausbruch im Führerhaus wohl gehört hatte. »Komm mal bitte nach vorn.«

Niedergeschlagen wankte Michaela durch den fahrenden Truck, kniete sich auf die vordere Bank und klappte das lederne Tuch nach oben, das die Fahrerkabine vom hinteren Teil trennte. Das Führerhäuschen lag etwas tiefer als der Rest, sodass Michaela sich nach unten beugen musste.

Gespannt beobachteten Mara, Charlotte und Ben, wie sie mit Mike sprach. Verstehen konnten sie es jedoch nicht.

Nach ein paar Minuten kam Michaela zurück, ihr Gesichtsausdruck war unverändert. Also keine guten Nachrichten.

»Was hat Mike gesagt?«, wollte Mara wissen.

Michaela seufzte und ließ sich in ihren Sitz fallen, drehte sich aber nach hinten, damit auch Charlotte und Ben es hörten. »Er hat von dem Wasserschaden auch gerade erst erfahren. Die Lodge ist nicht bewohnbar. Der Veranstalter hat uns in einem Hotel in Mtunzini eingebucht, das liegt über eine Stunde weiter nördlich an der Küste. Das heißt, wir fahren nicht zur Dolphin Coast.«

»Und was ist nun mit deinem Rucksack?«, fragte Charlotte. »Er sollte doch dorthin gebracht werden.«

»In der Lodge ist im Moment niemand. Keiner hat mein Gepäck entgegengenommen.« Sie ließ resigniert den Kopf hängen. »Ich glaube, ich bekomme es wohl nicht mehr wieder.«

»Ach Quatsch«, warf Ben ein. »Die werden es sicher erst mal nach Johannesburg zurückbringen und auf die nächste Anweisung warten. Ruf die Airline am besten gleich noch einmal an. Vielleicht liefern sie das Gepäck noch in unsere Ersatzunterkunft. Oder du lässt es nach Knysna schicken. Dort sind wir ein wenig länger. Die Chance ist groß, dass es rechtzeitig da und auch jemand vor Ort ist.«

»Wir sind erst nach Silvester in Knysna! Soll ich noch weitere sechs Tage so herumlaufen?« Verzweifelt zupfte sie an ihren bunten Schlabberhosen.

»Vielleicht kann man in Mtunzini ein paar anständige Klamotten kaufen«, sagte Charlotte. »Oder du nimmst endlich unser Angebot an und leihst dir von Mara und mir etwas aus.«

»Ihr braucht eure Sachen doch sicher selbst.«

»Irgendwo wird schon eine Waschmaschine stehen. Zur Not spüle ich die Klamotten im Ozean aus.«

»Okay.«

»Sei nicht traurig, Süße. Der Rucksack ist ja wenigstens nicht ganz verloren gegangen. Du bekommst deine Sachen schon wieder. Und bis dahin, lass dir deine Laune nicht verderben. Wir kriegen dich schon eingekleidet.«

Nur mühsam brachte Michaela ein Lächeln zustande. Ben sah ihr an, dass die Alternativen keinesfalls zufriedenstellend waren.

Das kleine Hotel in Mtunzini lag idyllisch inmitten von hohen Palmen und war von einer perfekt gepflegten Hecke umgeben. Im Haupthaus waren die Rezeption und der Speisesaal untergebracht, die Gästezimmer in einem Nebengebäude hinter dem großen Pool.

Charlotte schmiss sich sofort in das große Doppelbett mit extra vielen Kissen und blieb selig lächelnd liegen.

»Ich bin im Paradies«, schwärmte sie. »Ein richtiges Hotelzimmer! Mit Bettwäsche und einem Badezimmer! Sieh mal, die haben sogar einen Fernseher.«

»Du willst doch jetzt nicht fernsehen?«, fragte Ben skeptisch. »Wir wollen gleich zum Strand aufbrechen.«

»Natürlich will ich nicht fernsehen. Aber dass wir die Möglichkeit haben, finde ich echt luxuriös.«

»Wie schnell sich Ansprüche ändern können«, kommentierte er lachend.

»Und wir müssen heute Nacht nicht kuscheln«, stellte sie erfreut fest.

Er grinste. »War das so schlimm? Ich hatte nicht das Gefühl, dass du Berührungsängste hattest.«

»Ich habe geschlafen, du Idiot. Aber danke nochmal, dass du mich nicht hast erfrieren lassen.«

»Keine Ursache. Jetzt komm, sonst fahren die ohne uns zum Strand.« Er ging hinaus auf den Gang. »Und mach das Fenster zu.«

»Seit wann möchtest du pünktlich sein? Warte, ich bin gleich soweit.« Sie kam zur Tür und überlegte es sich noch einmal anders. »Ah, ich habe mein Handy vergessen. Ganz wichtig. Ich muss dringend telefonieren.«

»Was für eine Überraschung«, stichelte er.

Am weitläufigen Strand war nichts weiter zu sehen als tosende Wellen und feiner weißer Sand. Keine Liegen, keine Schirme, keine Strandbar.

Kaum ein Mensch hatte sich bei dem kräftigen Wind hierher verirrt. Die Wellen waren mannshoch, und ein Handtuch war ohne Aufsicht oder ausreichende Befestigung nicht sicher.

Die Gesichter der Damen ließen darauf schließen, dass die Laune wieder sank. Sie packten ihre Strandtücher aus, breiteten sie umständlich auf dem Boden aus und versuchten vergeblich, den Sand fernzuhalten. Doch der Wind machte ihre Bemühungen zunichte – was irgendwie sehr witzig aussah.

Vor allem, weil Charlotte die ganze Zeit das Handy zwischen Ohr und Schulter geklemmt hatte und offenbar mit ihrer Chefin telefonierte. »Können wir die Vertragsdetails nicht per Mail klären? Es ist telefonisch gerade echt schlecht ... Ja, ich weiß, ich hatte in unserer letzten Unterkunft keinen Empfang ... Ich kümmere mich drum, wir haben im Hotel WLAN ... Oh, übermorgen?

Ich weiß nicht, ob das funktioniert. Ich weiß nicht mal, wo wir dann sind ... Ja, ich versuche ihn anzurufen ...«

Ben schüttelte den Kopf. Ihre Chefin verlangte vollen Einsatz, und Charlotte kuschte. Sie ließ sich sogar ein schlechtes Gewissen wegen fehlenden Netzempfangs machen. Als ob sie etwas dafür könnte.

Nur einen Augenblick später hatte auch Mara ihr Mobiltelefon am Ohr und berichtete ihren Eltern ausführlich von den letzten zwei Tagen im Zululand.

Diese Weiber waren unglaublich.

»Ihr wart dort?«, fragte Mara plötzlich und zog durch ihren überraschten Tonfall die Aufmerksamkeit auf sich. »War Christoph da? ... Nein? ... Was habt ihr ...? ... Oh, okay ... Alles ausgeräumt? ... Nun ja, so schnell hatte ich nicht vor ... ja, ist schon okay.«

Sie verabschiedete sich noch lang und breit von ihren Eltern, legte auf und blickte dann in erwartungsvolle Gesichter.

»Wer hat was ausgeräumt?«, fragte Charlotte, die ihrerseits das Gespräch mit ihrer Chefin beendet hatte.

»Meine Eltern haben meine Sachen aus der Wohnung geräumt, damit ich mich nach der Reise nicht damit befassen muss.«

»Hattest du sie darum gebeten?«, fragte Ben nach.

»Nein, aber das ist schon in Ordnung. Es wäre ohnehin komisch, wenn Christoph und ich weiterhin zusammenwohnen würden.«

»Wo sind deine Sachen jetzt?«, wollte Michaela wissen.

»Meine Eltern haben alles zu sich ins Haus geschafft. Ich kann ja erst mal in meinem alten Kinderzimmer wohnen.«

»Ja, das passt«, meinte Ben.

Alle sahen ihn an. Maras Blick war grimmig.

»Was denn?«, fragte er verblüfft in die Runde. »Sie hängt doch sowieso permanent an Mamas Rockzipfel. Da ist sie zu Hause sicher am besten aufgehoben. Es ist kein Wunder, dass Christoph am Hochzeitstag abgehauen ist. Er hätte ja nicht nur Mara, sondern ihre Mutter gleich dazu geheiratet.«

Maras Kopf wurde puterrot, und ihre Hände ballten sich zu Fäusten. Sie schnappte nach Luft und wollte sicher eine deftige Antwort geben, doch ihr fiel offenbar nichts ein. Dann schaute sie zu Charlotte und krächzte: »Jetzt sag doch auch mal was! Dein beschränkter Freund hat doch keine Ahnung.«

»Ja, Charlotte, sag uns doch deine Meinung dazu«, forderte Ben sie auf und verschränkte erwartungsvoll die Arme. »Vielleicht solltest du auch ehrlich sein.«

Charlotte hob die Augenbrauen und sah zwischen Mara und Ben hin und her. »Zunächst einmal, Ben ist nicht mein Freund, und beschränkt ist er sicher auch nicht, aber ... Mara, sieh mal, deine Mutter ist schon ein klitzekleines bisschen zu ... fürsorglich. Es ist doch ...«

»Wie bitte? Du fällst mir in den Rücken? Du schlägst dich also auf die Seite von diesem Mistkerl?« Sie sprang auf.

Charlotte biss sich auf die Lippen. »Nein, ich ...«

»Du willst also sagen, es ist alles meine Schuld, ja? Christoph hat also völlig richtig gehandelt, und ich habe es verdient, von ihm sitzengelassen zu werden?«

»Nein, jetzt hör mir doch zu ...«

»Weißt du was? Du kannst mich mal. Ihr habt euch doch sowieso gegen mich verschworen. Und weißt du, was ich glaube? Ihr zwei habt eben doch was miteinander. Wie ihr ständig miteinander flirtet ... echt ekelhaft!«

Ohne, dass Charlotte noch etwas erwidern konnte, stapfte Mara davon.

Michaela machte ein mitleidiges Gesicht und folgte ihrer Freundin.

Ben aber zuckte mit den Schultern. »Ich gehe schwimmen.«

»Was?«, hörte er Charlotte hinter sich kreischen, doch er setzte hastig seinen Weg durch den heißen Sand fort, um seine Füße in den Fluten abkühlen zu können. Das Wasser war tatsächlich nicht besonders warm, und die Wellen waren auch in der Brandung bereits sehr kraftvoll.

»Vielen Dank auch, du Vollidiot!« Charlotte hatte ihn eingeholt und baute sich neben ihm auf – soweit das bei ihrer Körpergröße eben ging. »Jetzt hasst sie mich!«

»Ach komm, einer muss Mara doch mal die Augen öffnen.«

»Das ist allerdings ein denkbar schlechter Augenblick!«

»Wann wird der jemals gut sein?«

»Das will sie im Moment nicht hören, und schon gar nicht von ihrer besten Freundin! Jetzt hast du mich aber in diese Situation gebracht, und dafür könnte ich dich erwürgen.«

»Wir sind doch aber einer Meinung.«

»Das spielt keine Rolle! Du bist ein Elefant im Porzellanladen! Das muss man einfach feinfühliger machen.«

»Das ist nicht meine Aufgabe. Mara mag mich nicht, und das beruht auf Gegenseitigkeit. Christoph ist mein Bruder, und dann ist ja wohl klar, auf welcher Seite *ich* stehe.« Er drehte sich um und watete weiter in den Ozean hinein.

Doch Charlotte war noch nicht fertig und folgte ihm. »Und ich stehe auf Maras Seite. Nur hast du mich gerade gezwungen, sie zu verraten.« Sie kämpfte mit den hohen Wellen, versuchte sich auf den Füßen zu halten.

»Ich habe dich garantiert nicht gezwungen. Du hättest ja wieder heile Welt spielen und mir den schwarzen Peter zuschieben können. Machst du doch sowieso so gerne.«

Plötzlich rollte eine riesige Welle an den Strand und riss Charlotte um. Obwohl auch Ben kämpfen musste, griff er schnell ins Wasser, erwischte sie an der Taille und stellte sie wieder auf die Beine. Unwillkürlich musste er lachen, denn es sah zu niedlich aus, wie sie sich die nassen Haare aus dem Gesicht wischte.

»Verdammte Scheiße«, schimpfte sie.

»Ist doch nichts passiert.«

»Ach, du ... fass mich bloß nicht an! Du machst alles nur noch schlimmer!«

Wütend kämpfte sie sich zurück an den Strand und stiefelte zu ihrem Handtuch.

Ben seufzte, machte einen Satz hinein ins Meer und tauchte durch die Wellen.

Die Achterbahnfahrt von Charlottes Launen bereitete ihm langsam Kopfschmerzen. Es war einfach unmöglich, dieser Frau etwas recht zu machen. Dabei hatte er nur etwas ausgesprochen, was längst überfällig war. Sie hätte ihm sogar dankbar sein müssen. Wahrscheinlich hätte sie niemals den Mut gehabt, Mara die Wahrheit zu sagen. In seinen Augen war es Heuchelei, der er endlich ein Ende gemacht hatte.

Auf der Fahrt zurück ins Hotel hatten sich Mara, Charlotte und Ben möglichst weit voneinander entfernt einen Platz im Truck gesucht. Zum Glück waren nicht alle aus der Gruppe mitgekommen und einige Sitze freigeblieben. Nur Michaela hatte die Nähe zu Mara gesucht und redete nun auf sie ein. Vielleicht versuchte sie zu vermitteln.

Nur wenig später erreichten sie das Hotel, und Mara sprang aus dem Truck. Wie von der Tarantel gestochen, raste sie davon. Michaela, Charlotte und Ben liefen schweigend nebeneinander her, bis sie den Pool erreichten.

»Michaela?«, hielt Charlotte ihre Freundin auf, bevor sie Mara ins Zimmer folgen konnte. »Ist sie sehr wütend auf mich?«

»Um ehrlich zu sein, ja. Auf Details gehe ich besser nicht ein«, antwortete Michaela. »Im Affekt hat sie einige Ausdrücke fallenlassen, die ihr sicher bald leidtun. Das renkt sich schon wieder ein.«

Sie setzten sich unter einen Sonnenschirm.

Dass Ben sich ebenso neben ihnen niederließ, quittierte Charlotte zwar mit einem bitterbösen Blick, sagte jedoch nichts.

Ob Mara bereits seine Ermordung geplant hatte? Das wollte er unbedingt wissen.

»Meinst du?«, fragte Charlotte.

»Bestimmt. Aber sie kann sehr nachtragend sein, wie du weißt. Du musst ein bisschen Geduld haben.«

»Die regt sich schon wieder ab«, mischte sich Ben ein und erntete die nächste Verwarnung.

»Halt du jetzt einfach mal deine Klappe!«, keifte Charlotte und wandte sich wieder an ihre Freundin. »Ja, ich kenne Mara. Aber ich wollte sie ja nicht verletzten.«

»Das habe ich ihr auch gesagt, nur muss ich vorsichtig sein. Nicht, dass sie auch noch sauer auf *mich* ist und komplett dichtmacht. Ich kann diese Streitereien gerade nicht besonders gut vertragen.«

»Kann ich verstehen. Ich werde das mit Mara selbst klären. Tut mir leid. Du hast ja deine eigenen Probleme. Das mit deinem Rucksack ist so übel.«

»Es ist ja nicht nur das.« Michaela knetete ihre Finger. Sie sah traurig aus.

»Was ist denn los?«, fragte Charlotte.

»Ach, nichts weiter.«

»Jetzt sag schon. Oder soll ich den da erst wegschicken?« Sie deutete mit dem Daumen auf Ben, ohne ihn anzusehen.

Er zog eine Augenbraue nach oben, hätte Charlotte am liebsten etwas entgegengesetzt, hielt sich diesmal aber zurück.

»Nein, schon gut«, meinte Michaela.

»Also?«

»Es geht um Jens.«

»Was! Habt ihr euch etwa auch gestritten?«

»Nein, das nicht. Aber er ist so komisch.«

»Wie, komisch?«

»Wenn ich zu Hause anrufe, spreche ich meist nur mit Emelie. Ich meine, natürlich möchte ich mit meinem Kind telefonieren, aber eben auch mit meinem Freund. Der hält sich aber meistens raus und sagt nur *Hallo* und *Tschüss*.«

»Oh ...« Charlotte legte einen Arm um ihre Schulter.

»Ich rufe bei ihm an, er wechselt ein paar belanglose Wörter mit mir und reicht mich dann an Emelie weiter. Ich habe überhaupt nicht das Gefühl, dass er mich irgendwie vermisst. Das schlägt mir ganz schön auf den Magen. Mir ist schon schlecht deswegen.«

»Männer sind da wahrscheinlich etwas unsensibel«, schaltete sich Ben doch noch einmal ein.

»Musst du nicht gehen und irgendwelche Freundschaften zerstören?«, fragte Charlotte bissig.

»Jens verletzt dich sicher nicht mit Absicht«, fuhr er fort und ignorierte Charlottes Vorschlag. »Vielleicht vermisst er dich einfach zu sehr, und kann deshalb nicht mit dir sprechen. Echte Kerle geben das nicht so gern zu, weißt du?«

»So ein Blödsinn!«, antwortete Charlotte an Michaelas Stelle. Die hingegen kämpfte mit den Tränen, das sah man ihr an.

»Dass er so kurz angebunden ist, heißt doch nicht, dass er dich nicht liebt. Ist er denn etwa sonst eine Labertasche?«, wollte er wissen.

»Er telefoniert meist länger als ich«, schniefte Michaela.

»Ähm ... okay. Möglicherweise hat er gerade nicht viel zu erzählen. Er ist zuhause, geht arbeiten ... das Übliche eben.«

»Aber er könnte doch mal ein bisschen Gefühl zeigen.«

»Nein, Männer können das nicht«, gab er zu. »Glaub mir, er vermisst dich ganz sicher.«

Langsam zogen sich Michaelas Mundwinkel zu einem leichten Lächeln nach oben, und Ben tätschelte ihr aufmunternd den Arm. Dann blinzelte er kurz zu Charlotte hinüber, die ihn aufmerksam beobachtete. Besonders feindselig guckte sie nicht mehr, dafür nachdenklich.

»Leute? Wessen Zimmer ist das da oben?«, platzte Finn auf einmal in die kleine Runde.

»Was? Wieso?«, fragte Ben und blickte nach oben.

Finn zeigte auf ein geöffnetes Fenster, durch das sich gerade ein paar Affen mogelten.

»Nein!«, entfuhr es Charlotte lautstark, und sie stürzte los. »Nicht schon wieder!«

Ben sprang hinterher. Er hatte ihr doch gesagt, sie solle das Fenster noch schließen. Die Frau war für Afrika einfach nicht gemacht.

Wenn irgendetwas von seinen Sachen fehlen würde, würde er Charlotte persönlich den Affen hinterherjagen.

Kapitel 13
Charlotte

Bedauerlicherweise war die Nacht im komfortablen Hotelzimmer schon wieder vorbei. Charlotte hatte herrlich geschlafen - trotz des Streits mit Mara gestern. Bens Brust hatte die Nacht zuvor aber auch kein schlechtes Kissen abgegeben - musste sie zugeben.

Das Nachtlager in den Drakensbergen, das heute auf sie wartete, war sicher nicht so schön weich und bequem wie das extrabreite Bett im Hotel.

Wehmütig packte Charlotte ihren Rucksack und hievte ihn zur Rezeption hinunter. Obwohl sich Ben wieder als Kofferträger angeboten hatte, lehnte sie dieses Mal ab. Zu angefressen war sie noch wegen seiner gestrigen Aktion.

Vor dem Haupthaus hatte sich bereits der Großteil der Gruppe versammelt. Michaela und Mara fehlten noch, was ungewöhnlich war. Sicher wollte Mara weitestgehend auf Charlottes Gesellschaft verzichten und ließ sich extra viel Zeit. Erst als sie und Ben bereits im Truck saßen, kreuzte sie zusammen mit Michaela auf. Sie würdigte Charlotte keines Blickes und setzte sich stumm auf ihren Platz vor sie. Michaela lächelte ihr nur gequält zu.

Charlotte hielt ihre Freundin auf. »Mara ist noch wütend, stimmt's?«

»Ja.«

»Hey, was ist los? Du siehst gar nicht gut aus.«

»Mir ist nur ein bisschen schlecht. Ich sagte ja, das mit Jens geht mir an die Nieren.«

»Süße, das tut mir leid. Sag Bescheid, wenn du etwas brauchst.«

Michaela setzte sich zu Mara ans Fenster und kuschelte sich an ihren zusammengerollten Schlafsack.

Die Arme. Sie war ganz blass. Hoffentlich würde ihr der Schlaf helfen.

Sogar Mike hatte angeboten, bei einer Apotheke zu halten, doch Michaela war standhaft geblieben. Also machte sich die Gruppe auf den Weg zurück ins Landesinnere, auf in die Drakensberge.

Auf der Hälfte der Strecke mussten sie in einen Unimog wechseln, da der Truck dem steilen und schwer passierbaren Weg nicht mehr gewachsen war.

Ben half Michaela mit ihrem spärlichen Gepäck, denn ihr Zustand hatte sich nicht gebessert. Sie wirkte eher noch schlapper und blasser.

Die holprige Fahrt in die Berge trug auch nicht zu ihrem Wohlbefinden bei.

Das Geländefahrzeug quälte sich über große Steine und durch so tiefe Löcher, dass sich Charlotte festhalten musste, um nicht vom Sitz zu plumpsen. Sogar einen kleinen Bergfluss musste das Fahrzeug durchqueren.

Nur gelegentlich konnte Charlotte die Aussicht auf die Berge genießen. Bäume sah sie immer weniger, dafür aber wurden die Wiesen umso grüner. Hier und da lagen große Felsbrocken herum oder waren Weidezäune gespannt.

Doch je höher sie fuhren, desto weniger menschliche Spuren ließen sich entdecken.

Nachdem sie einen Bergsee passiert hatten, tauchten vor ihnen endlich die kleinen Holzhütten der Berg-Lodge auf. Wie Spielzeughäuschen wirkten die Unterkünfte inmitten der bergigen Landschaft. Liebevoll angelegte Wege mit hübschen weißen Steinen und Blumen am Rand verbanden die einzelnen Gebäude. Um das große Haupthaus zog sich eine Terrasse, auf der sogar eine Hollywoodschaukel ihren Platz fand. Ein mit Holzpaneelen ausgelegter Weg führte zu einer weiteren Terrasse, in der sich ein kleiner Pool befand.

Die kühlen Temperaturen hier oben luden allerdings nicht gerade zu einem entspannten Bad ein.

Michaela verabschiedete sich umgehend in ihre Hütte.

Auch hier war Ben ihr behilflich, was Charlotte lächelnd beobachtete.

»Du kannst ja ein richtiger Gentleman sein«, stellte sie fest, als sie danach gemeinsam zu ihrer Behausung liefen.

»Nur ein Gentleman lädt eine Frau in seinen Schlafsack ein, ohne sie zu befummeln.«

»Ich würde mich nicht zu weit aus dem Fenster lehnen. Dein Willi hätte wahrscheinlich gerne gefummelt.«

»Erstens zählt das nicht, das war eine ganz natürliche Reaktion. Und zweitens, nenn mein Ding nicht Willi! Das ist total unmännlich.«

»Ich bin nicht dafür da, dir deine Männlichkeit zu bestätigen. Such dir dafür eine andere.«

»Ist grad keine verfügbar.«

»Dann hast du wohl schlechte Karten.«

Charlotte schloss die Tür der geräumigen Holzhütte auf, die aus zwei großen Schlafzimmern und einem Badezimmer bestand. Ein Schlafzimmer war für sie und Ben bestimmt, das zweite für ein weiteres Paar. Sie stellte erfreut fest, dass das Zimmer mit getrennten Betten und Bettwäsche ausgestattet war. Allerdings war es hier wirklich sehr kühl, und eine Heizung gab es natürlich nicht. Zum Glück hatten sie wenigstens Strom und warmes Wasser. Es hätte also schlimmer kommen können.

Als Charlotte zum Abendessen ihr Zimmer verließ, prallte sie fast mit Mike zusammen.

»Wie es aussieht, teilen wir uns eine Hütte«, sagte er grinsend.

»Und das Badezimmer gleich dazu. Wie praktisch.«

Gemeinsam schlenderten sie zum Haupthaus, das ebenso wie die kleinen Hütten ausschließlich aus Holzstämmen gefertigt war. Dort war bereits ein Buffet mit allerhand leckeren Speisen aufgebaut.

»Müssen wir heute nicht selbst kochen?«, fragte Charlotte erstaunt.

»Nein, hier bereiten die Betreiber das Essen zu. Fast wie im Hotel.«

»Herrlich.« Charlotte schnappte sich einen Teller und packte ihn voll. Sie hatte einen Bärenhunger.

Auch Ben gesellte sich wenig später mit einer Unmenge an Fleisch, Fladenbrot und Röstkartoffeln zu ihr.

»Wo sind Michaela und Mara?«, fragte er.

»Keine Ahnung. Sicher geht es Michaela noch nicht besser. Ich schau gleich mal nach ihr. Und Mara meidet mich wahrscheinlich.«

»Die kriegt sich schon wieder ein. Tut mir übrigens leid, wie es gestern gelaufen ist.«

»Schon okay. Es musste ja mal raus. Tut mir auch leid, dass ich so zickig reagiert habe. Der richtige Zeitpunkt kommt sicher ohnehin niemals.«

Nachdem Charlotte aufgegessen hatte, entschuldigte sie sich, packte etwas Brot und eine Flasche Wasser ein und lief zu Michaelas Hütte. Sie klopfte an die Tür, doch keiner antwortete. Auf gut Glück drückte sie die Klinke. Es war offen, und Charlotte steckte ihren Kopf ins Zimmer.

Mit grimmigem Blick sah Mara auf, die an Michaelas Bett saß.

»Noch nicht besser?«, fragte Charlotte zaghaft.

Mara schüttelte den Kopf, ohne eine Miene zu verziehen. »Ich geh mir etwas zum Essen holen.« Sie stand auf und verließ ohne ein weiteres Wort den Raum.

Charlotte seufzte. Das konnte Mara verdammt lange durchhalten.

Michaela sah furchtbar aus. Ihr Haar klebte an der Stirn, das Gesicht war aschfahl.

»Was ist nur los?«, fragte Charlotte bestürzt.

»Ich hab keine Ahnung. Möglicherweise habe ich mir den Magen verdorben. Habe mich vorhin übergeben, seitdem ist es ein klein wenig besser.«

»Ach, Schatz, sollen wir nicht doch besser einen Arzt rufen?«

»Nein, geht bestimmt bald wieder.«

»Hast du Fieber oder Schüttelfrost?«

»Nur allgemeine Übelkeit. Warum?«

»Kopf-, Muskel-, Gliederschmerzen? Vielleicht einen Ausschlag?«

»Nein. Nun sag schon.«

»Ich wollte nur ausschließen, dass du irgendeine von diesen komischen Krankheiten hast, die man hier bekommen kann. Denguefieber oder so etwas.«

»Woher kennst du dich denn mit diesen Krankheiten aus?«

»Ich fliege doch nicht in ein Entwicklungsland, ohne mich vorher zu informieren.«

»Nur die Notwendigkeit eines Schlafsacks ist dir entgangen, was?«, flachste Michaela schwach. »Und ich würde Südafrika nicht unbedingt als Entwicklungsland bezeichnen.«

»Hier muss sich noch eine Menge entwickeln! Wenn du eins von diesen Symptomen bemerkst, sag bitte sofort Bescheid, dann müssen wir einen Arzt holen. Verstanden?«

»Jawohl, Doktor Peters. Oh Gott, glaubst du, ich habe mir eine Malaria eingefangen?«

»Ach Quatsch. Die Inkubationszeit ist viel länger als wir hier sind. Davon ist dir definitiv nicht übel.«

»Okay.«

»Wenn du möchtest, ich habe dir Brot mitgebracht. Und trink bitte viel. Das ist wichtig.« Charlotte legte das Brot auf den Nachttisch und reichte Michaela die Wasserflasche.

»Mach ich. Ich würde jetzt aber lieber ein bisschen schlafen. Ich bin echt kaputt.«

»Kein Problem. Soll ich nachher nochmal nach dir sehen?«

»Brauchst du nicht. Mara ist doch da. Sie sagte, sie bleibt heute Abend hier bei mir.«

»Gut, dann mache ich mich mal vom Acker. Nicht, dass nachher noch die Hütte brennt, weil Mara mich angezündet hat oder so. Schlaf gut.«

Sie verließ das Häuschen und lief Mara natürlich direkt in die Arme.

»Hoppla, sorry«, entschuldigte sie sich, doch kein Wort kam über die Lippen ihrer Freundin.

»Mara, können wir nicht miteinander reden wie Erwachsene?«, versuchte sie doch einmal.

Gerade wollte Mara mitsamt ihrem Teller in der Hütte verschwinden, aber Charlotte hielt sie am Arm fest. »Komm schon, sprich mit mir.«

»Ich habe keine Lust, mit einer Verräterin zu reden«, giftete sie.

»Du hältst mich für eine Verräterin? Weil ich dir erklären wollte, warum Christoph dich hat sitzen lassen? Ich bin deine Freundin, verdammt! Ich muss dir doch die Wahrheit sagen dürfen.«

»Wer solche Freunde hat, braucht keine Feinde. Du meinst also, die Wahrheit zu kennen? Oh, ja natürlich, du bist ja die schlaue, allwissende und so vernünftige Charlotte, die nie einen Fehler macht und alles im Griff hat. Aber soll ich dir was sagen? Nichts hast du im Griff! Du lässt dein Leben von deinem spießigen Job bestimmen. Und deinen Mann konntest du auch nicht halten. Du bist kein Stück besser als ich.«

»Du hast keine Ahnung!«, entgegnete Charlotte ruhig. Innerlich jedoch brodelte es. Wie konnte Mara nur so mies sein! »Ich bin nicht besser als du, aber ich bin anders. Ich bin nämlich kein verweichlichtes Mamakind!«

Schwer atmend stand Mara vor ihr. Das hatte gesessen.

»Sprich diesen Urlaub nicht mehr mit mir«, fauchte sie. »Am besten nie wieder.« Damit stürmte sie ins Haus und knallte die Tür hinter sich zu.

Charlotte presste die Lippen aufeinander.

War das vielleicht doch zu hart gewesen? So hatten sie noch nie miteinander gesprochen. Ein paar Sticheleien natürlich, Freundinnen durften sich schließlich die Wahrheit sagen, aber unter die Gürtellinie war es bisher nie gegangen.

Mit einem leichten Stechen im Magen kehrte Charlotte in ihre Hütte zurück, um duschen zu gehen. Sie wusch sich die Haare und zog frische Klamotten über.

Zurück im Haupthaus setzte sie sich zu den Niederländern, doch sie konnte sich nicht auf das Gespräch konzentrieren. Abwesend kauerte sie im Sessel und nippte an ihrem Tee. Bald schon verabschiedete sie sich ins Bett.

Am nächsten Tag brach Charlotte mit einem Teil der Gruppe früh zur Wanderung in den Drakensbergen auf. Nur Mara, Michaela, Lola aus Belgien und Margaretha und Sanne aus den Niederlanden verzichteten und blieben in der Lodge zurück.

Der Rest packte sich üppige Lunchpakete zusammen und machte sich auf den Weg.

Mike führte sie zunächst über Trampelpfade ein Stück in die von Wiesen bedeckten Berge hinein, bis die Route beschwerlicher wurde. Es ging durch hohe Gräser bergauf, wieder bergab, und schließlich versperrte eine Felswand ihren Weg.

»Da geh ich nicht hoch«, protestierte Charlotte.

Mike lachte. »Dann musst du allein zurück oder hier verhungern.«

»Komm schon. Das schaffst du«, motivierte Ben sie hingegen. »Ist gar nicht so hoch. Soll ich dir helfen?«

Sie atmete tief durch.

Nur nicht nach unten sehen.

»Passt schon. Ich bin ja kein Kind!«

Sie beobachtete, wie Mike die Felsvorsprünge nutzte, um sich mit den Händen und Füßen nach oben zu stemmen. Er brauchte nur ein paar Züge, dann hatte er es schon geschafft.

Okay, so dramatisch sah das wirklich nicht aus.

Weniger elegant als die anderen, aber dennoch erfolgreich erreichte auch sie das Plateau und konnte endlich mit den anderen Rast machen. Der Ausblick war atemberaubend. Vor ihr lagen weite Wiesen, und in der Ferne erhoben sich unzählige Felswände, die ohne Hilfsmittel keinesfalls bezwingbar wären. Viele grüne Tupfer aus Büschen und Bäumen schmückten das Gestein, während die Plateaus der Berge wieder mit Gräsern bewachsen waren. Die Wiesen hier waren mit kleinen und großen Felsbrocken gespickt oder von schmalen Bächen durchzogen, in denen kristallklares Wasser plätscherte.

Lächelnd ließ Charlotte den Blick schweifen. Dafür hatte sich die Überwindung ihrer Angst gelohnt.

Sie saugte die kühle Luft in sich ein und lauschte dem Wind, der das Gras rascheln ließ, dem Plätschern des Wassers und dem Zwitschern der Vögel. Hastig trank sie den letzten Schluck aus ihrer Flasche und hielt sie in einen sprudelnden Bach.

»Das ist das beste Wasser, das du kriegen kannst«, kommentierte Mike.

»Dachte ich mir schon, deshalb stibitze ich es mir ja auch.«

Die angenehme Ruhe wurde jäh vom Klingeln eines Handys unterbrochen. Alle sahen Charlotte an, die ertappt grinste.

»Sorry, Leute.« Sie fummelte das Telefon aus ihrer Hosentasche und prüfte das Display.

Ach, verdammt, ihre Chefin. Sie hatte Constanze ja heute zurückrufen sollen. Erstaunlich, dass sie überhaupt durchkam.

Charlotte entfernte sich ein Stück von der Gruppe und nahm das Gespräch entgegen. »Hallo Constanze.«

»Hallo ... du ... rufen«, kam es abgehackt aus dem Lautsprecher.

»Was? Ich versteh dich kaum.«

»... Kunde ... unterzeichnen. Hallo? Hörst ...«

Es wurde nicht besser.

Charlotte stieg auf einen kleinen Felsen, aber auch hier rauschte es nur im Hörer.

»Constanze, wir machen gerade eine Wanderung. Hier ist ganz schlechter Empfang.«

»Was?«

»Ich sagte ... warte. Ich geh mal ein Stück weiter.«

Da die Gruppe ohnehin ihre Pause beendete und sich auf den Weg über die Wiesen Richtung Westen machte, trabte Charlotte hinterher, in der Hoffnung, ein kleines Fleckchen Erde zu finden, auf dem das Telefon funktionierte. Im Zickzack folgte sie den anderen und versuchte, Constanze so lange hinzuhalten.

Plötzlich blieb Charlotte mit dem rechten Fuß an etwas hängen. Und dann fiel sie auch schon.

Kreischend kullerte sie einen kleinen Hang hinunter und blieb auf dem Rücken liegen. Zum Glück war der Untergrund mit weichem Gras bedeckt, und der Rucksack hatte den Sturz ein wenig abgefangen. Dennoch schmerzte der ganze Körper. Ganz besonders der Knöchel.

Nur Sekunden später tauchte Ben über ihr auf, und auch Mike war sofort zur Stelle.

»Hast du dich verletzt?«, fragte Ben aufgeregt.

»Keine Ahnung«, krächzte sie.

Er kniete sich neben sie und tastete ihre Beine ab. »Tut dir hier etwas weh? Spürst du das?«

»Ja und ja.«

»Lass mich mal deinen Kopf anschauen«, mischte sich Mike ein. Er hob ihn sanft an, legte ihn gleich darauf wieder ab und befreite sie erst einmal von ihrem Rucksack.

»Und?«, fragte Charlotte.

»Nichts zu sehen. Tut er weh?«

»Nur ein bisschen.«

»Ist dir schwindelig?«, fragte Ben wieder.

»Nein. Geht schon wieder.« Mühsam richtete sie den Oberkörper auf und blieb seufzend sitzen.

»Mach langsam.«

»Ja doch.«

Der Rest der Gruppe hatte sich am oberen Rand des Abhangs versammelt und sah sie besorgt an.

»Was hast du denn gemacht?«, wollte Mike wissen.

»Na, was wohl?«, antwortet Ben an ihrer Stelle. »Sie hat telefoniert.«

»Ich habe es zumindest versucht«, ergänzte sie matt.

»Muss das denn unbedingt sein?«, regte sich Ben auf. »Kannst du nicht einmal ein paar Stunden auf dein beschissenes Handy verzichten? Es funktioniert doch sowieso nicht. Du bringst dich in Gefahr wegen eines Kundenvertrages?«

»Der ist wichtig für die Firma.«

»Ach, und du etwa nicht?«

»Ich fürchte, ich bin ersetzbar.«

»Willst du mich verarschen? Erzähl mir nicht, dass deine Chefin von dir verlangt, dein Leben zu riskieren.«

»Das war ja so nicht geplant«, jammerte sie und erhob sich langsam mithilfe der beiden Männer.

»Kannst du laufen?«, fragte Mike.

»Ja, ich denke schon.«

Gemeinsam kletterten sie den Hang hinauf und warteten, bis sich Charlotte gefangen hatte.

»Der Knöchel tut ein bisschen weh«, sagte sie. »Und mein Ellenbogen ist aufgeschürft.«

»Na, dann haben wir ja bald alle Körperteile durch«, stänkerte Ben und schulterte ihren Rucksack. »Na, wenigstens hast du dein Handy gut festgehalten.«

Charlotte sah auf ihre Hand. Tatsächlich umklammerten ihre Finger das Telefon, als ob ihr Leben davon abhinge.

Puh, das Gespräch war zwar weg, aber ihrem wichtigsten Begleiter war nichts passiert. Nochmal Glück gehabt.

Eine halbe Stunde später als die anderen trafen Charlotte, Ben und Mike an der Lodge ein. Der Rest der Gruppe hatte sich bereits über den Nachmittagssnack hergemacht.

Michaela war noch immer auf ihrem Zimmer.

Als Mara kurz auftauchte, um ihr frisches Wasser zu holen, berichtete sie nur kurz und knapp von ihrem Zustand. »Sie hat sich noch einmal übergeben, aber sie sieht besser aus, hat vorhin auch etwas Brot gegessen.«

Erstaunlicherweise hatte Mara diesmal mit Ben gesprochen und Charlotte ignoriert. Anscheinend war ihr sogar der Bruder ihres abtrünnigen Bräutigams lieber als die ehrliche Freundin. Sie konnte die Wahrheit einfach nicht vertragen.

»Okay, ich lege mich auch ein wenig hin«, sagte Charlotte zu Ben. »Ich bin echt fertig.«

»Gute Idee, ich komme mit.«

»Muss das sein?«

Er grinste. »Irgendjemand muss dich doch ins Bett bringen. Und außerdem bin ich auch müde. Eine Mütze Schlaf kann ich gut gebrauchen.«

Sie gingen schweigend nebeneinander zur Hütte, doch Charlotte verzichtete diesmal auf Bens Hilfe. Die paar Schritte konnte sie auch allein gehen – oder humpeln.

Als Charlotte aufwachte, war es draußen bereits dunkel. Doch sie fühlte sich topfit und ausgeruht. Der Fuß tat nach einem Testgang durchs Zimmer auch nicht mehr so weh. Sie sah auf die Uhr. Halb elf. Vermutlich waren noch nicht alle im Bett und saßen im Haupthaus zusammen.

Auch Ben öffnete die Augen und richtete sich auf. »Hey, gut geschlafen?«

»Ja. Ich wollte nochmal in den Aufenthaltsbereich. Vielleicht ist noch jemand wach.«

»Oh, sehr gut. Ich komme mit.«

Diesmal grinste Charlotte. »Muss das sein?«

»Dich kann man doch nicht aus den Augen lassen. Vor allem, wenn du dein dämliches Telefon in der Hand hast. Immer, wenn ich mich umdrehe, hast du dich irgendwie verletzt.«

»Falsch. Ich verletze mich nur, wenn du in der Nähe bist. Schon mal darüber nachgedacht? Ich bin sonst nicht so anfällig dafür.«

»Aha, dann machst du das nur, um meine Aufmerksamkeit zu erregen.« Er zwinkerte ihr zu.

»Glaub mir, bei dir will ich gar nichts erregen. Und jetzt komm, sonst sind wirklich alle schon schlafen gegangen.«

Mit ihren Handytaschenlampen leuchteten sie sich den Weg, aber als sie an Maras und Michaelas Hütte vorbeikamen, bog Charlotte ab. »Ich möchte kurz nach Michaela sehen, okay? Geh du schon vor.«

Sie betrat das Häuschen und klopfte dann an die Schlafzimmertür, doch keiner reagierte.

Ob sie schon schliefen?

Charlotte klopfte noch einmal. Nichts. Sie drückte die Türklinke leise nach unten und leuchtet ins Zimmer hinein.

Keiner da. Dann ging es Michaela endlich besser und sie waren vorn bei den anderen.

Freudig lief Charlotte zum Haupthaus und betrat den großen gemütlichen Raum, der mit einigen Sitzgruppen aus Sofas und Sesseln eingerichtet war. Im Kamin brannte ein Feuer, und aus den Lautsprechern drang leise Loungemusik.

Charlotte entdeckte allerdings nur Ben, der sich zu dem niederländischen Pärchen Finn und Sara gesellt hatte. Niemand sonst war zu sehen.

Irritiert verließ Charlotte das Haus wieder, ohne auf Bens fragenden Blick zu achten, umrundete die Lodge einmal und entschloss sich schließlich, Mike zu informieren.

Wo waren Mara und Michaela bloß? Sie konnten doch nur im Haupthaus oder in ihrer Hütte sein. Sonst gab es hier oben nichts. Sie waren doch nicht im Dunkeln noch spazieren gegangen, oder?

Sie lief zurück zu ihrer Hütte, klopfte an Mikes Schlafzimmertür, doch auch hier öffnete niemand. Sie klopfte lauter und rief seinen Namen.

Keine Reaktion.

Er war auch nicht da? Warum? Begleitete er die beiden Freundinnen auf einem Spaziergang? Womöglich, damit sie sich nicht verliefen.

Vielleicht wussten Sara und Finn etwas.

Wieder flitzte Charlotte zum Haupthaus. »Wisst ihr, wo Mara und Michaela sind? Oder Mike?«, fragte sie die Dreiergruppe.

Ben sah sie verwirrt an, und Finn und Sara zuckten mit den Schultern.

»Nein, warum?«, fragte Sara.

»Sind sie nicht in ihren Zimmern?«, erkundigte sich Ben.

»Nein, sind sie nicht. Dann würde ich ja nicht fragen!«

»Hier waren sie auch nicht«, meinte Finn.

»Wo sind sie nur? Was ist, wenn etwas passiert ist?«

»Ganz langsam. Vielleicht vertreten sie sich nur die Füße«, beruhigte Ben sie.

»Das habe ich zuerst auch gedacht. Aber seien wir mal ehrlich. Michaela, Mara und Mike sind nicht da. Michaela ging es seit Tagen schlecht ... Was ist, wenn ...« Sie brach ab.

»Ganz ruhig. Es wird schon nichts passiert sein.« Ben schob sie zu einem Sessel und drückte sie sanft nach unten. »Jetzt setz dich erst mal. Soll ich dir etwas zum Trinken holen?«

»Nein, ich will nichts trinken. Ich will wissen, was mit meiner Freundin los ist!« Die Hysterie in der Stimme konnte Charlotte nun nicht mehr verbergen. Egal, wie sehr sie sich versuchte einzureden, Michaela sei nur auf einem Spaziergang, sie glaubte nicht daran.

Ungeduldig sprang sie auf und lief nach draußen.

»Was hast du denn nun vor?«, fragte Ben, der ihr auf die Terrasse gefolgt war.

»Sollten sie wirklich nur frische Luft schnappen, müssen sie ja in der Nähe sein.«

»Willst du sie jetzt suchen gehen? Das halte ich für keine gute Idee.«

»Hast du eine bessere?«

»Nicht wirklich. Aber ich möchte nicht, dass du heute tatsächlich noch abstürzt und dich ernsthaft verletzt. Damit ist keinem geholfen.«

»Soll ich hier jetzt nur dumm rumsitzen?«

»Warten wir doch einfach noch ein paar Minuten.«

»Wir könnten auch die anderen fragen, ob sie etwas wissen«, schlug Charlotte vor und eilte schon die drei Stufen von der Terrasse zum Gehweg hinunter.

»Warte. Willst du jetzt alle aus ihren Betten trommeln? Wenn Sara und Finn nichts wissen, dann die anderen sicher auch nicht.«

»Aber ...«

Ben nahm sie in den Arm und streichelte ihr den Rücken. »Es ist bestimmt nichts passiert. Mike ist doch bei ihr. Er wird wissen, was zu tun ist.«

»Bist du dir sicher? Vielleicht hat sie sich eine schlimme Krankheit eingefangen. Verdammt! Ich habe Michaela überredet, diese blöde Rundreise mitzumachen. Ich habe sie regelrecht dazu gedrängt.« Sie konnte die Tränen nicht mehr zurückhalten und heulte hemmungslos in Bens Sweatjacke hinein.

»Mal den Teufel nicht an die Wand. Die meisten Krankheiten sind doch irgendwie behandelbar.«

Nur langsam konnte sich Charlotte wieder beruhigen, doch das ungute Gefühl blieb.

»Hey, alles in Ordnung?«, fragte jemand von der Terrasse herunter.

Charlotte und Ben wandten den Kopf. Es war der Inhaber der Lodge. Er kam zu ihnen herunter und sah sie besorgt an.

»Tayo, gut, dich zu sehen«, sagte Charlotte atemlos. »Weißt du, wo Mike ist?«

»Klar. Der ist mit zwei Mädels aus eurer Gruppe in die Stadt runtergefahren. Der Blonden ging es nicht gut.«

»Das ist Michaela. Was ist mit ihr?«

»Wahrscheinlich Chikungunya.«

»Was?!«

»Chikungunyafieber. Das ist ein Virus, das in Afrika weit verbreitet ist. Ist aber meist harmlos.«

»Harmlos? Bist du sicher? Aber Michaela hatte kein Fieber oder andere Beschwerden. Ihr war nur übel.«

»Magen-Darm-Probleme können bei Chikungunya-
fieber auftreten. Sie hat zuletzt aber eben doch über
Fieber und Gelenkschmerzen geklagt. Das sind typische
Symptome.«

»Und jetzt sind Mike und Mara mit ihr zum Arzt
gefahren?«

»Ja, sie wollen das abklären. Das kann man nur mit
einem Bluttest machen.«

»Und dann? Kann man das behandeln?«, mischte sich
Ben ein.

»Gegen das Virus an sich gibt es keinen Impfstoff. Man
kann nur die Symptome lindern. Falls der Arzt tatsächlich
Chikungunyafieber feststellt, dann gibt er entsprechende
Medikamente. Nach ein paar Tagen ist alles vergessen.
Theoretisch klingt die Krankheit von selbst wieder ab.«

»Da besteht kein Zweifel?«, fragte Charlotte noch einmal nach.

»Sie konnte kaum noch richtig laufen und war an
den Handgelenken sehr druckempfindlich. Für mich ist
das ein eindeutiges Zeichen. Die Schmerzen sind zwar
sehr unangenehm, aber mach dir keine Sorgen. Deiner
Freundin wird es schnell wieder besser gehen.«

Langsam wurde Charlottes Atem ruhiger. Sie wischte
die Tränen weg und strich sich den Pullover glatt. »Okay.
Wann werden sie zurück sein? Weißt du das?«

»Sie sind vor etwa einer Stunde los. Wahrscheinlich
sind sie noch nicht einmal in der Praxis.«

»Mist. Wie lange wird das denn dauern?«

»Behandelt wird sie sicher schnell, aber in den nächsten zwei Stunden braucht ihr wahrscheinlich nicht mit
ihnen zu rechnen.«

»Oh Mann!«, seufzte Ben.

»Können wir ihnen nicht nachfahren?«, fragte Charlotte. »Ich fühle mich hier oben so nutzlos.«

»Wir haben nur noch ein Fahrzeug hier«, meinte Tayo. »Und ich kann die Lodge nicht allein lassen, wenn wir Gäste haben.«

»Verstehe.«

»Na komm«, sagte Ben. »Lass uns reingehen und dort auf sie warten, okay?«

»Ich geb euch einen Schnaps aus. Den könnt ihr sicher gut gebrauchen. Tut mir echt leid, dass wir euch so einen Schrecken eingejagt haben. Aber für uns hier ist das eher Normalität.«

Kapitel 14
Ben

Ben stützte Michaela auf dem Weg in den Unimog, während Mara und Charlotte ihr Gepäck hinterhertrugen.

Die Reise ging weiter.

Mit einem Seufzen ließ Ben noch einmal den Blick schweifen. Nach der Bush Lodge war die Unterkunft in den Drakensbergen bisher die schönste für ihn gewesen. Die Aussicht von der Terrasse aus war gigantisch und die Luft hier oben einfach nur klar und rein.

Der Wagen setzte sich holpernd in Bewegung, was Michaelas Wohlbefinden nicht gerade positiv beeinflusste. Zwar konnte sie wieder aufrecht gehen, doch ihr Gesicht sprach Bände.

»Geht's?«, fragte Charlotte sie.

»Muss ja. Ein wenig übel wird mir schon bei dem Geschaukel, aber ich reiß mich zusammen.«

»Du siehst auf jeden Fall viel besser aus als letzte Nacht.«

»Davon habe ich nicht mehr allzu viel mitbekommen. Das Medikament hat echt reingehauen.«

»Ich bin nur so froh, dass es nichts Gefährliches ist. Ich habe mir solche Vorwürfe gemacht.«

»Warum das? Eine Mücke hat mich gestochen, nicht du.«

»Ich habe dich aber überredet mitzukommen.«

»Ach, Charlotte, jetzt hör auf. Erstens war es meine Entscheidung und zweitens hätte das auch in Kapstadt passieren können. Dort wäre ich doch sowieso hingeflogen.«

Mara saß erstaunlich ruhig neben Michaela in der hinteren Dreierreihe. Sie war anscheinend immer noch sauer auf Charlotte, aber zumindest versprühte sie kein Gift mehr.

»Wann hast du es denn überstanden?«, fragte Ben nach hinten.

»Kann noch eine Woche dauern, aber ich habe genug Schmerztabletten und Fiebermittel bekommen. Damit lässt es sich aushalten. Nur die Übelkeit ist noch nicht ganz weg ... Scheiße, Mara, hast du die Tüte bei dir?«

Hastig zerrte Mara eine braune Papiertüte aus ihrer Jackentasche und hielt sie Michaela hin. Die atmete tief durch und steckte sie doch wieder weg.

»Oh Mann! Diese Strecke ist nichts für meinen Magen«, jammerte sie. »Wie lang fahren wir noch?«

»Mike?«, brüllte Ben nach vorn.

»Ja?«, brüllte der zurück.

»Wann haben wir diese Schotterpiste hinter uns?«

»Halbe Stunde noch und dann nochmal anderthalb Stunden bis nach Clarence. Dort machen wir Mittagspause.«

»Schaffst du das?«, fragte Ben Michaela. »Oder sollen wir kurz anhalten?«

»Nein, geht schon. Am besten ihr erzählt mir etwas Schönes, das nichts mit Essen oder anderen ekelhaften Sachen zu tun hat.«

»Charlotte hat sich gestern fast den Hals gebrochen, weil sie ihrer Chefin den Hintern küssen will«, begann Ben und sah Charlotte aufmerksam an.

»Wie bitte? Was hast du gemacht, Charlotte?«

»Hast du dich verletzt?«, wollte nun auch Mara wissen. Sie sah ihre Freundin sogar ein wenig besorgt an.

»Ich habe nur einen kleinen Hügel übersehen und bin gestolpert. Nichts Dramatisches. Ben! Reden wir doch lieber über dich und *deine* Fehltritte im Leben.«

»Ich bereue nichts.«

»Nicht einmal, dass du mit Mitte dreißig noch keinen vernünftigen Job hattest?«

»Hey, ich bin noch nicht Mitte dreißig!«

»Fehlt aber nicht mehr viel.«

»Macht weiter. Das ist lustig«, warf Michaela dazwischen und lächelte seit Tagen endlich mal wieder.

Bis zur Mittagspause in Clarence hielten Ben und Charlotte Michaela bei Laune, auch wenn sie von Mara ab und an skeptische Blicke ernteten. Ihr gefiel es nicht, dass er sich mit Charlotte verstand, das war kaum zu übersehen. Umso verlockender war es für ihn, sich mit ihrer Freundin einen Schlagabtausch zu liefern. Einerseits, weil ihn die Neckereien mit Charlotte selbst reizten, andererseits weil er Mara gern ärgerte. Besonders erwachsen war das sicher nicht, aber ihn hielten ohnehin alle für ein großes Kind, und ein wenig Spaß durfte schon sein.

Als die Gruppe im Restaurant auf ihre Bestellung wartete, erzählte Mike, was in den kommenden Tagen auf sie zukommen würde. »Nach dem Essen könnt ihr euch noch ein wenig den Ort ansehen, hier gibt es ein paar schöne Ecken. Danach fahren wir weiter nach Fouriesburg in unsere Lodge. Dort habt ihr dann auch Freizeit zum Shoppen, Schlafen, was auch immer. Morgen geht's dann für zwei Nächte in die Karoo Wüste, wo wir auch Silvester feiern werden. Im neuen Jahr fahren wir nach Knysna an die Südküste. Wer die Reisebeschreibung gelesen hat, wird wissen, dass ihr dort einen Bungee Sprung von der Bloukrans Bridge machen könnt. Wir müssen uns dafür vorher anmelden. Wer möchte also?«

Noch bevor Mike die Frage zu Ende gestellt hatte, schnellte Bens Arm nach oben. »Ich bitte. Ich dachte schon, du fragst nie.«

Mike lachte. »Okay, du scheinst dir sehr sicher zu sein.«

»Freilich! So eine Gelegenheit bekomme ich nie wieder.«

»Jepp, das ist die höchste Brücke der Welt, von der ihr springen könnt. Noch jemand?«

Zögerlich hoben Sienna und Lola die Hände.

»Klasse«, lobte Mike. »Ich trage euch ein. Sonst keiner? Okay, heute Abend gebe ich die Liste an den Veranstalter. Wer es sich bis dahin überlegen möchte, sagt mir Bescheid.«

Ben stieß Charlotte mit dem Ellbogen in die Taille. »Na? Willst du nicht auch?«

»Vergiss es! Ich werde mich doch nicht freiwillig in den Tod stürzen.«

»Das sah gestern anders aus. Und ich schätze mal, bei dem Sprung von der Brücke wirst du ein Seil um die Füße haben.«

»Ha, ha! Mich kriegen keine zehn Pferde da hoch.«

»Mike?«, wandte sich Ben an den Guide. »Ich glaube, Charlotte hätte richtig Bock darauf.«

»Bist du bescheuert?«, quietschte sie auf und boxte ihm an den Oberarm.

»Nicht?«, hakte Mike grinsend nach.

»Nie im Leben!«, versicherte Charlotte.

»Du musst mal ein bisschen aus dir rauskommen. Trau dich«, drängelte Ben weiter. »Später bereust du es.«

»Ganz sicher nicht. Ich hab's nicht so mit der Höhe. Und was, verdammt nochmal, ist an meinem Nein nicht zu verstehen?«

Ben hob die Arme. »Schon gut. Hab's kapiert. Ich geh mal aufs Klo.«

»Wasch dir hinterher die Hände«, rief sie ihm nach.

Er schüttelte lächelnd den Kopf. Charlotte konnte es nicht lassen. Sie musste immer das letzte Wort haben.

Als er fertig war und die Toilettenräume verließ, hörte er sie im Eingangsbereich telefonieren.

Natürlich. Was auch sonst.

»Sorry, dass die Verbindung gestern so schlecht war«, sagte sie.

Er rollte mit den Augen. Charlottes Chefin. War ja klar. Und sie entschuldigte sich auch noch bei ihr?

»Ja, tut mir echt leid, dass ich nicht nochmal zurückgerufen habe ... Ich weiß, das kommt nicht wieder vor ... Ich hatte nicht aufgepasst und bin gestürzt ... Ja, nicht so wichtig ... Okay, kein Problem. Nein, mache ich sofort. Bis später.« Sie legte auf, hob den Kopf und fuhr zusammen, als sie Ben entdeckte. »Oh mein Gott, hast du mich erschreckt.«

Mit verschränkten Armen stand er nun vor ihr und zog eine Augenbraue nach oben. »Dein Ernst? Du entschuldigst dich auch noch bei der Tussi?«

»Halt dich da raus, du verstehst das nicht.«

»Hat es sie überhaupt interessiert, dass du dich wegen ihr verletzt hast?«

»Das ist doch nicht ihr Problem.«

»Ja, richtig. Es ist deins. Sag mal, würdest du für deinen Job wirklich alles machen? Dir sogar den Hals brechen?«

»Jetzt übertreib mal nicht! Es ist doch gar nichts passiert.«

»Es hätte aber eine Menge passieren *können*. Kurz zuvor sind wir einige Meter an einem Felsen hochgeklettert. Wärest du da abgestürzt, hätten wir dich in der Horizontalen nach Deutschland fliegen müssen.«

»Sagst du nicht immer zu mir, ich solle lockerer werden? Aber *du* bist hier derjenige, der ein Fass aufmacht, obwohl nichts geschehen ist. Und außerdem, was interessiert es dich?« Sie verschränkte die Arme.

»Du kapierst wirklich gar nichts!«

»Ich weiß nur, dass du mir damit tierisch auf die Nerven gehst. Ab sofort ist das Thema Nummer zwei, über das wir nicht mehr sprechen. Klar?«

»Was war Thema Nummer eins?«

Charlotte seufzte. »Die geplatzte Hochzeit zwischen Mara und Christoph.«

»Ach ja. Sobald man anderer Meinung ist, verbietest du einem den Mund.«

»Du kannst gern weiterquatschen, aber nicht in meiner Gegenwart.«

Die Frau war unfassbar. Was ihr an Lässigkeit fehlte, hatte sie an Sturheit zu viel.

»Charlotte, ich möchte dich doch nicht kritisieren«, beteuerte er mit möglichst sanfter Stimme.

»Das machst du aber permanent.«

»Ich möchte nur, dass du darüber nachdenkst, ob dir dein Job so viel wert ist, dass du dich deswegen ernsthaft verletzt.«

Einen Moment sah Charlotte ihn nachdenklich an.

»Natürlich gibt es Grenzen«, sagte sie schließlich in ruhigem Ton. »Der Unfall gestern war ein blöder Zufall. Ich hätte besser aufpassen müssen. Und ich verspreche dir, dass ich ab jetzt vorsichtig bin und du mich nie wieder retten musst.«

»Ich wollte damit nicht sagen, dass ich dir nicht helfen möchte.«

»Ich weiß. Ich soll nicht ständig an die Arbeit denken.«

»Genau. Das Leben hat noch so viel mehr zu bieten. Du verpasst alles, wenn du nur für den Job existierst.«

»Hast ja recht. Vielleicht sollte ich doch mal die Augen offenhalten.« Sie zwinkerte ihm zu und verschwand wieder in der Gaststube.

Hatte sie das nun ernst gemeint? Oder wollte sie ihn nur schnellstmöglich loswerden? Eigentlich hatte er ihr noch so viel mehr sagen wollen, aber Charlotte setzte ihre Prioritäten offenbar ganz woanders. Er hoffte nur, dass diese Prioritäten nicht blond waren und auf den Namen Mike hörten.

Kapitel 15
Charlotte

So hatte sie sich die Wüste nicht vorgestellt. Es war arschkalt, der Himmel bedeckt und Sand gab es auch keinen. Außerdem hatten sie schon wieder keinen Strom, denn die Solaranlage auf dem Dach ihrer Hütte hatte in den letzten Tagen nicht viel Sonne abbekommen.

Nun stolperte Charlotte in ihrem Wintermantel, den sie nach dem Flug aus dem kalten Deutschland schon in die hinterste Ecke ihres Rucksacks verbannt hatte, über den steinigen Boden bis zum Haupthaus, um bei den Vorbereitungen zum Abendessen und zur Silvesterparty zu helfen.

Wie aber sollte man in dieser Einöde anständig ins neue Jahr feiern? Dieser würde wohl einer der ruhigsten Silvesterabende ihres Lebens werden.

Im Haus wurde schon fleißig Salat geschnippelt, Fleisch angebraten und Brot gebacken. Im Nebenraum waren die Männer der Gruppe gerade dabei, die Silvesterdekoration aufzuhängen. Hier drin gab es eine Bar, gemütliche Sitzecken und eine Tanzfläche. Die großen Boxen sahen zwar nicht ganz neu aus, würden aber sicher für die Beschallung ausreichen. Am Tresen standen etliche Flaschen hochprozentigen Alkohols und im verglasten Kühlschrank an der

Rückwand entdeckte Charlotte verschiedene Säfte und bereits vorbereitete Dekoration für Cocktailgläser.

Hm, vielleicht könnte es doch ganz lustig werden.

Sie gesellte sich wieder zu den Damen, nahm ein Messer in die Hand und schnitt Paprika auf.

Wenig später betraten auch Michaela und Mara die Küche.

»Hey ihr zwei, wie ist eure Hütte?«

»Ist okay«, antwortete Mara.

Wow, sie sprach wieder mit ihr.

»Habt ihr Strom?«

»Ja, warum?«

»Bei uns ist der Speicher leer«, grummelte sie. »War ja klar, dass ich wieder so ein Glück habe.«

»Du kannst gern mit mir tauschen«, meinte Michaela.

»Nimm's mir nicht übel, Süße, aber mit *dir* möchte ich im Moment lieber nicht tauschen. Deine schräge Kleidung ist echt nichts für mich. Und dieses Chickadingsdafieber will ich auch nicht haben.«

»Hab ich befürchtet.«

»Wie geht's dir inzwischen?«

»Viel besser. Die Medikamente helfen gut.«

»Dafür ist mir jetzt schlecht«, hakte Mara ein.

»Oh nein, wirklich? Verdammt.« Charlotte legte das Messer aus der Hand. »Nicht, dass du dich angesteckt hast.«

»Viel schlimmer kann es für mich ja auch nicht mehr kommen. Vielleicht lege ich mich einfach nach draußen und sterbe einsam vor mich hin.«

»Ach Mara, sag doch so was nicht!« Sie konnte nicht anders, musste ihre Freundin in den Arm nehmen.

Und Mara ließ es zu. Waren sie so weit, das Kriegsbeil zu begraben? Charlotte hoffte es, denn ihr graute davor, im Streit ins neue Jahr zu rutschen.

»Hat doch alles keinen Sinn mehr«, entgegnete ihre Freundin. »Ich mache hier Flitterwochen ohne Ehemann. Das ist doch bescheuert.«

»Du hast uns.«

»Aber keinen von euch will ich heiraten. Ich wollte mit Christoph eine Familie gründen, und nun habe ich keine Ahnung, wie es nach dieser beschissenen Reise weitergeht.«

»Ich könnte ihn bitten, sich mit dir zusammenzusetzen. Wenn ihr mit etwas Abstand zu der ganzen Sache miteinander redet, lassen sich sicher viele Stolpersteine aus dem Weg räumen.«

»Du meinst, meine Mutter.«

Charlotte verzog den Mund. »Es tut mir leid, was ich gesagt habe. Du hast eine wunderbare Beziehung zu deiner Mutter, ihr liebt euch, und das ist gut so. Nicht jeder hat ein so gutes Verhältnis zu seinen Eltern.«

»Aber ich darf sie nicht zu sehr in mein Leben einbinden, ich weiß das.«

»Tatsächlich?«

»Ja, du hattest recht«, brummte Mara vor sich hin.

Charlotte sah zu Michaela, die zufrieden lächelte. »Was soll ich sagen, ich verbreite Harmonie.«

»Du hast Mara wirklich besänftigen können? Ich habe ganz schön ausgeteilt.«

»War nicht einfach, aber ich hatte ja die letzten Tage den Mitleidsbonus.«

Auch in Maras Gesicht konnte Charlotte endlich wieder ein Lächeln ausmachen. Ihr fiel ein Stein vom Herzen.

»Mir tut es übrigens auch leid«, sagte Mara. »Was ich zu deiner Vergangenheit gesagt habe.«

»Schon gut. Wir haben uns nur die Wahrheit um die Ohren gehauen. Etwas hart, aber ehrlich.«

»Friede?«, schlug Mara vor.

»Nichts lieber als das!«, befürwortete Charlotte und umarmte ihre zwei Freundinnen gleichzeitig.

Hinter der Theke hatte der Barkeeper alle Hände voll zu tun. War ein Cocktail fertig gemixt, bestellte bereits der Nächste einen. Obwohl sie mit den Mitarbeitern der Lodge nur achtzehn Personen waren, kam der arme Mann gehörig ins Schwitzen.

Charlotte hatte schon mehrere Gläser intus und tanzte ausgelassen zur Musik aus den Neunzigern. Alle aus der Gruppe waren in Hochstimmung, sogar Mara kicherte ununterbrochen und brachte die außergewöhnlichsten Tanzschritte aufs Parkett.

Nur Ben saß in einem Sessel und beobachtete sie unentwegt. Er sah nachdenklich aus.

Gerade ihn hätte Charlotte eigentlich als Partyclown engagiert, aber heute wäre er sein Geld nicht wert gewesen.

Sie tänzelte auf ihn zu und versuchte ihn hochzuziehen, doch die Mischung aus körperlicher Unterlegenheit und Alkohol ließ sie kapitulieren. »Komm schon. Hab ein bisschen Spaß. Was ist denn los mit dir?«

»Mir ist nicht danach.«

»Dann trink einen Cocktail. Das hilft.«

»Nein, danke.«

»Spaßbremse! Was predigst du ständig? Ich soll mein Leben genießen? Loslassen? Lockerwerden? Mache ich gerade, und du guckst wie ein Auto.«

Langsam gab Ben seinen Widerstand auf und ließ sich von Charlotte auf die Tanzfläche zerren.

Mara hatte heute vermutlich ihren sozialen Tag, denn auch sie versuchte, Ben zum Tanzen zu bewegen. Möglicherweise lag es auch nur am Alkohol. Aber sie hatte Spaß, das war das Wichtigste für Charlotte. Ihre beiden Freundinnen konnten wieder lachen, die Musik war ganz passabel, sie selbst hatte großartige Laune ... und sie hatte in Fouriesburg neuen Nagellack bekommen – die Party hätte schlechter sein können.

Kurz vor zwölf Uhr drückte der Barkeeper jedem ein Glas Sekt in die Hand und gab den Takt für den Countdown vor.

Nur noch drei ... zwei ... eins, und das neue Jahr war da.

Nun begannen alle, sich gegenseitig zu beglückwünschen und zu umarmen.

Charlotte herzte Mara ausgiebig. »Ich bin so froh, dass wir unseren Streit aus der Welt geschafft haben«, sagte sie mit feuchten Augen.

»Im Grunde kann ich dir doch nicht lange böse sein, du doofe Nudel.«

Auch Michaela bekam einen dicken Kuss von Charlotte und eine Umarmung. Sie wusste, dass es ihr schwerfiel, ohne die Familie Silvester zu feiern, aber die Freundin hielt sich tapfer.

Ben hatte sich beim Gruppenkuscheln dezent zurückgehalten, doch Charlotte ließ es sich nicht nehmen, auch ihn in ihre Arme zu schließen.

»Happy new year«, wünschte sie ausgelassen und drückte ihn an sich.

Als sie sich wieder von ihm lösen wollte, hielt er sie fest. Viel zu lange. Charlotte suchte in seinen Augen den Grund dafür und entdeckte eine Wärme, die sie gefangen nahm.

Nicht gut. Was sollte das?

Ehe sie sich aus seinen Armen winden konnte, senkte er seine Lippen auf ihre. Ganz vorsichtig. Ganz sanft. Er drückte Charlotte noch fester an sich, und einen Moment lang war sie versucht, ihre Arme wieder um seinen Hals zu legen und sich in diesem Kuss zu verlieren. Seine Lippen waren so warm und weich, dass sie beinahe jede Beherrschung verlor.

Doch sie waren nicht allein im Raum. Mara stand nur wenige Meter entfernt und war wahrscheinlich stinksauer.

Unwirsch stieß Charlotte Ben von sich. »Was soll das?«

Was würde Mike jetzt denken? Ob er Charlotte für ein Flittchen hielt oder nicht, konnte ihr im Grunde egal sein, aber eigentlich hatte sie auf eine Wiederholung der Nacht im Zululand gehofft.

»Entschuldige. Das kam so über mich.«

»Verstehe ich nicht.«

»Charlotte, ich ... du bist ...«, stammelte er und brach ab.

»Warte! Du willst mir doch nicht sagen, dass du ...« Sie lachte hysterisch auf. »Nein. Ganz klar, nein! Das ist lächerlich. Wir haben zu viel getrunken.«

»Ich eigentlich nicht.«

Sie schaute ihn verzweifelt an.

Hatte sich Ben tatsächlich in sie verguckt? Dabei gab sie sich doch die größte Mühe, ihn kontinuierlich zu beleidigen und auf Abstand zu halten. Dass sie mit Mike bereits zweimal im Bett gelandet war, sollte doch ein eindeutiges Zeichen sein, dass sie an Ben kein Interesse hatte.

»Ben, ich fühle mich wirklich geschmeichelt, aber du redest dir da etwas ein. Ich bin doch absolut nicht dein Typ, bin viel zu langweilig, karrieregeil und unspontan für dich.«

»Ich glaube eben nicht, dass du das bist.«

»Und was erhoffst du dir jetzt davon?«

»Keine Ahnung. Ich ...«

»Hör mal, ich finde es schön, dass wir uns gut verstehen und nicht mehr aufeinander rumhacken wie früher, aber das heißt doch nicht, dass da gleich mehr daraus wird.«

»Tut mir leid. Kommt nicht wieder vor.« Ben richtete sich auf und verließ mit schnellen Schritten den Raum.

Verdutzt blieb Charlotte zurück. Einen Moment starrte sie die Tür an, durch die Ben gerade verschwunden war, und schüttelte dann den Kopf.

Die Bar war wie leergefegt. Das merkte sie jetzt erst. Alle waren bereits nach draußen gegangen.

Hastig folgte sie ihnen. Vor dem Haupthaus starrten sie in den Nachthimmel, der von einem Feuerwerk erleuchtet wurde.

Mara und Michaela standen am Geländer.

»Ich schwöre, ich habe nichts getan«, versicherte Charlotte sofort, als sie Maras erstauntes Gesicht sah.

»Das glaube ich dir sogar.«

»Er hat mich einfach so geküsst.«

»Schon gut. Mach dir keine Gedanken. Ich bin nicht sauer, falls du das glaubst.«

»Ich weiß nicht, was in ihn gefahren ist.«

»Ich schon«, schaltete sich Michaela ein. »Ich habe es euch im Zululand schon gesagt. Ben steht auf dich. Das wusste ich. Ihr wolltet es mir ja nicht glauben.«

»Aber ich weiß nicht, warum. Wir sind grundverschieden.«

»Gegensätze ziehen sich an«, hielt Michaela fest.

»Er mich aber nicht.«

»Bist du dir da sicher?«

»Selbstverständlich! Absolut nicht ... Leute! Ich kann doch jetzt nicht mehr mit ihm in einem Zimmer schlafen. Mara, jetzt bist du dran!«

»Vergiss es!«

»Stell dich nicht so an, Charlotte«, motzte Michaela. »Redet darüber wie erwachsene Menschen. Kann doch nicht so schwer sein.«

Schon wieder sollte sie sich damit auseinandersetzen? Eigentlich hatte sie das doch mit Ben am Abend in der Blechhütte geklärt. Bevor sie zu ihm in den Schlafsack gekrochen war. Bevor er sie beim Duschen überrascht hatte. Und bevor er sich in den Drakensbergen so fürsorglich um sie gekümmert hatte ...

Verdammt! Sie war eben *nicht* auf Abstand gegangen. Sie hatte ihn nie bösartig beleidigt, sondern geneckt. Ihr hatte das Spaß gemacht, und er hatte das missverstanden.

Nicht verwunderlich, wenn sie darüber nachdachte. Wie peinlich! Sie hatte ihn herausgefordert!

Seit sie nach Afrika gekommen waren, verbrachten sie die meiste Zeit zusammen, mehr als mit allen anderen. Er war ein wirklich netter Kerl und sie musste sich eingestehen, dass sie ihn mochte. Als Freund. Mehr war da jedoch nicht.

Kapitel 16
Ben

Normalerweise begann Ben das neue Jahr mit einem Kater, aber in bester Stimmung. Diesmal war er völlig klar im Kopf, seine Laune allerdings war am Nullpunkt angelangt.

Er hatte es gewagt, Charlotte zu zeigen, wie sehr er sie mochte. Nicht als Zimmernachbarin oder Kumpel, sondern als Frau. Sie war attraktiv, hatte eine große Klappe und konnte lustig und ausgelassen sein. Er glaubte ihr nicht, dass ihr die Karriere über alles ging, und war überzeugt, dass auch sie sich nach einem Partner sehnte, der sie glücklich machte. Welche Frau tat das nicht? Ob *er* derjenige war, der das konnte, war dahingestellt, aber ihre Ausrede, sie hätte keine Zeit für eine Beziehung, hielt er für absoluten Blödsinn.

Er hatte sich in der Silvesternacht vollkommen lächerlich gemacht. Charlotte hatte ihn abblitzen lassen. Sie hätte ihm genauso gut in die Eier treten können, die Demütigung war dieselbe.

Zu gern hätte er mit ihr darüber geredet, doch sie vermied jedes Gespräch. Den ganzen Neujahrstag wälzte sie sich mit einem dicken Kopf im Bett herum und meinte, sie sei müde. Bei den Mahlzeiten setzte sie sich weit von ihm weg und am Abend verkrümelte sie sich mit Mara und Michaela in deren Hütte.

Auch auf der Fahrt an die Küste am nächsten Tag ging Charlotte ihm aus dem Weg. Sie besetzte den Platz neben Mara in der vorletzten Reihe, denn Michaela wollte ohnehin weiter nach vorn. Sie traute ihrem Magen noch nicht, und dort schaukelte der Truck weniger.

Kurzerhand ließ sich Ben neben Michaela fallen. »Darf ich?«

»Das musst du fragen, *bevor* du dich setzt.«

»Sorry.«

»Schon gut. Alles okay? Du siehst fertig aus.«

»Du strahlst ja auch nicht gerade«, grummelte er.

»Ich habe auch eine gute Ausrede.«

»Ich dachte, du fühlst dich besser.«

»Ja, tue ich.«

»Aber?«

»Ach, nichts.«

»Lass mich raten: Jens? Er gibt sich immer noch wortkarg am Telefon?«

»Ja.« Traurig betrachtete Michaela das silberne Amulett in ihrer Hand.

»Habt ihr Silvester telefoniert?«

»Kein Empfang. Das hatte ich befürchtet und mit ihm schon in Fouriesburg gesprochen, aber ihm schien es nicht besonders viel auszumachen, dass wir uns kein frohes neues Jahr wünschen können. Er meinte, dass Emelie bei meiner Mum zuhause bleibt und er sowieso auf einer Party bei einem Kumpel sein wird und es dort sicher laut ist.«

»Dann rufst du ihn nachher an, wenn wir wieder in der Zivilisation sind.«

»Das ist nicht dasselbe.«

»Weiß ich, aber er kann ja nichts dafür.«

»Er könnte aber mal ein paar mehr Emotionen zeigen.«

»Da verlangst du etwas viel von einem Mann.«

»Ja, das hast du mir schon einmal erklärt, aber Jens weiß ganz genau, dass ich in dem Punkt sensibel bin und Aufmerksamkeit brauche. Für mich gibt es nichts Wichtigeres als meine Familie. Und ich möchte nicht, dass Jens und ich irgendwann nur noch nebeneinander her leben.«

»Kann ich mir vorstellen. Du hast das Gefühl, dass die Beziehung einschläft.«

»Er liebt mich ja, das weiß ich, aber ich habe ehrliche Zweifel, ob das ausreicht. Ich möchte endlich eine richtige Familie mit allem, was dazugehört. Für Emelie wünsche ich mir einfach, dass wir als Eltern ein perfektes Team sind. Ich kenne das von früher nicht, und mir hat das gefehlt.«

»Warum? Was war denn los?«

»Mein Vater ist früh gestorben und meine Mutter hat meine Brüder und mich quasi allein großgezogen. Sie hat das fantastisch gemacht und ich kann ihr gar nicht genug dafür danken, aber *ich* möchte mir nicht vorstellen, alles allein zu machen. Ich habe Angst davor, dass Jens und ich uns auseinanderleben, und wir eben kein Team mehr für Emelie sind. Verstehst du, was ich meine?«

»Absolut. Ich habe Jens zwar erst zweimal in meinem Leben gesehen, aber er schien kein Ignorant zu sein.

Mach dir nicht zu viele Sorgen. Vielleicht ist das nur eine Phase oder ihn bedrückt etwas. Sprich ihn doch mal offen darauf an, ob er ein Problem hat.«

»Vermutlich hast du recht. Aber aus der Ferne ist es so schwer, ein vernünftiges Gespräch zu führen.«

»Er kommt doch auch nach Kapstadt, oder? Da habt ihr Abstand zum Alltag und könnt das ausdiskutieren.«

Sie lächelte. Zwar zaghaft, aber die Traurigkeit wich einer leichten Zuversicht in ihrem Ausdruck.

»Ja, okay. Das werden wir machen. Ist sowieso das Einzige, was da hilft. Aber da wir gerade in der Paartherapie sitzen, was war denn bitte Silvester los? Ich habe es ja schon lange geahnt, dass du Charlotte sehr gern hast, aber sie hat das überhaupt nicht kommen sehen.«

»Sie scheint blind zu sein.«

»Bei ihr hörte sich das etwas anders an. Sie sagte gestern, dass ihr von Anfang an klargestellt habt, es würde nichts laufen. Und im Zululand hatte sie dich noch einmal darauf angesprochen. Du hast ihr versichert, dass du nicht auf sie stehst.«

»Wie ich sagte, Männer sind zuweilen nicht ganz ehrlich, was ihre Gefühle betrifft.«

Nachdenklich sah sie Ben an. »Touché.«

»Wenn eine Frau einem Mann permanent unter die Nase reibt, wie lächerlich ein gegenseitiges Interesse wäre, dann schüttet der Mann dieser Frau nicht unbedingt sein Herz aus.«

»Stattdessen greift er zu sexueller Belästigung.«

»Vollkommen abgeneigt war sie aber auch nicht.«

»Da hast du dich nicht gerade mit Ruhm bekleckert.«

»Mach dich nur lustig. Mir ist klar, dass ich sie über-rumpelt habe. Ich würde das ja gern klären, aber sie flüchtet, sobald sie mich nur wittert.«

»Tatsächlich? Sie meinte, es gab noch keine Gelegen-heit, mit dir zu reden.«

»So ein Quatsch. Sie hätte genug Gelegenheiten gehabt. Ich glaube, sie hat Hemmungen, mir zu sagen, dass es an mir liegt.«

»Es liegt nicht an dir. Es liegt an Männern im Allgemeinen.«

»Was willst du damit sagen?«

Michaela sah verstohlen nach hinten. Ben folgte ihrem Blick. Charlotte und Mara waren in ein intensives Gespräch vertieft und bemerkten sie gar nicht.

»Es stimmt schon, dass Charlotte keine Beziehung möchte – mit *keinem* Mann.«

»Etwa mit einer Frau?«

»Nein, du Nase! Okay, schwöre mir, dass du ihr nicht erzählst, was ich dir jetzt sage. Sie macht mich sonst einen Kopf kürzer«

»Ja, klar! Von mir erfährt sie nichts.«

»Gut. Kurz nach der Schule hatte Charlotte ihren damaligen Freund geheiratet und wollte mit ihm ...«

»Was?! Sie war verheiratet?«

»Bist du wohl leise!« Wieder spähte Michaela kurz nach hinten, doch die beiden Freundinnen hatten zum Glück nichts mitbekommen.

»Sie war verheiratet?«, wiederholte Ben leise.

»Sagte ich doch. Sie wollte mit ihm eine Familie grün-den, war sich absolut sicher, dass er die Liebe des Lebens für sie war.«

»Wie weiß man das denn mit achtzehn oder neunzehn?«

»Charlotte stammt aus einem kleinen Dorf. Ihr wurde vorgelebt, man müsse jung heiraten und Kinder kriegen, und der Mann kümmert sich um das Familieneinkommen.«

»Das muss ein Dorf im Mittelalter gewesen sein.«

»Vermutlich.«

»Und was ist dann passiert?«

»Die Kollegin ihres Mannes ist passiert.«

»Oh, Scheiße!«

»Du sagst es. Ihr Mann hatte damals eine Ausbildung zum Industriekaufmann begonnen, während Charlotte noch überlegt hat, ob sie ein Studium macht oder doch erst mal zu Hause bleibt, falls sie schnell schwanger würde.«

»Meine Güte, das kann ich mir bei ihr gar nicht vorstellen.«

»Das wissen nur wenige. Du sollst wahrscheinlich auch nicht dazugehören, aber ich weiß, dass dir viel an ihr liegt. Ich möchte nicht, dass du sie verurteilst.«

»Das hatte ich nicht vor.«

»Also, in der Ausbildungsklasse ihres Mannes war eine junge Frau, die Kinder kategorisch abgelehnt hatte und so ein über Leichen gehendes Flittchen war.«

»Verstehe. Und dann wollte Charlotte auch ein Flittchen werden.«

»Vorsicht, du sprichst von meiner Freundin!«

»So war das ja auch nicht gemeint. Sie wollte der Frau nacheifern, mit der ihr Mann sie betrogen hatte.«

»Nicht ganz. Charlotte hatte es noch nie nötig, irgendjemanden zu imitieren. Sie hat ihn in den Wind geschossen und sich für eine Karriere entschieden, ohne eine andere Beziehung zu zerstören.«

»Das hätte ich jetzt auch nicht erwartet.«

»Die Heirat war spontan und überstürzt. Für sie fühlte es sich damals richtig an. Nur hatte sie sich mächtig getäuscht. Es ist ihr unangenehm.«

»Deshalb trifft sie keine unüberlegten Entscheidungen mehr.«

»Richtig. Du darfst ihr das nicht übelnehmen, wenn sie sich vor einer Beziehung scheut.«

»Es ist doch aber nun schon viele Jahre her.«

»Viele Jahre, in denen sie studiert und sich in ihrer Firma hochgekämpft hat. Da hatte ein Mann nie Platz. Vielleicht braucht sie einen Schubs in die richtige Richtung.«

»Viel mehr kann ich sie nicht schubsen. Da verletzt sie sich nur wieder. Obwohl ...«

»Was?«

»Ach nichts.« Er verschränkte die Arme und lehnte sich lächelnd im Sitz zurück.

Es konnte doch nicht so schwer sein, Charlotte ein wenig Spontaneität zu entlocken. Vielleicht sollte er ihr einfach wieder ein paar Cocktails servieren.

Am nächsten Morgen saß die Reisegruppe an einem reich gedeckten Frühstückstisch in einem hübschen kleinen Hotel in Knysna am Indischen Ozean.

Michaela trug noch immer auffällig bunte Klamotten. Anscheinend war ihr Koffer auch hier nicht angekommen. Doch Ben sprach sie besser nicht darauf an.

Charlotte hatte noch immer kein Wort mit ihm gewechselt und hielt ihn auf Abstand. Heute saß sie ihm schräg gegenüber und blickte ab und an über den Tisch. Bisher hatte Ben sie in Ruhe gelassen und absichtlich ihre Nähe gemieden. Das irritierte sie offenkundig.

Frauen waren manchmal so leicht zu durchschauen.

Während die Letzten aus der Gruppe ihren Kaffee austranken, stand Mike auf und zückte sein Klemmbrett. »Okay, Leute. In einer halben Stunde brechen wir auf zur Bloukrans Bridge. Wir fahren etwa eine Stunde. Nehmt euch etwas zum Trinken und einen Snack mit. Diejenigen, die sich nicht für einen Bungee Sprung angemeldet haben, haben jetzt Freizeit in Knysna. Ihr könnt aber auch gern mitkommen und euch die Sprünge ansehen.«

Lola und Sienna gingen los, um ihre Rucksäcke zu holen. Henrik, Julie, Finn und Sara entschieden sich auch dafür mitzukommen. Die anderen wollten lieber in der Lodge bleiben.

»Also, ich fahre nicht mit«, teilte Mara ihren Freundinnen mit. »Mir ist schon wieder schlecht. Michaela, ich glaube, du hast mich doch angesteckt. Schöne Scheiße.«

»Tut mir leid«, meinte Michaela betroffen.

»Ich geh mal in die Apotheke und besorg mir dieses Zeug, das du bekommen hast.«

»Ich bleibe auch lieber hier, würde mich lieber noch ausruhen«, sagte Michaela.

»Na, seid ihr bereit für das Abenteuer?«, platzte Mike in die Runde.

»Wir bleiben alle hier«, erwiderte Charlotte. »Aber Ben fährt ja mit.« Sie nickte nur in seine Richtung, ohne eine Miene zu verziehen.

»Was denn? Du kannst doch nicht hierbleiben.« Mike sah sie herausfordernd an. »Du bist angemeldet.«

»Was bin ich?«, kreischte Charlotte und sprang auf. Sie lugte Mike über die Schulter. »Das kann nicht sein. Ich habe doch ganz klar gesagt, nein!«

»Aber hier steht dein Name.«

»Bist du komisch? Den hast *du* doch da drauf geschrieben. Ich will nicht springen. Warum tust du das?«

Er zuckte mit den Schultern und lächelte.

Charlotte sah zu Ben herüber.

Oje, jetzt war die Katze aus dem Sack.

Obwohl er versuchte, möglichst unschuldig zu gucken, verfinsterte sich ihr Gesicht schlagartig.

»Ben! Warst du das?«

Er grinste entschuldigend.

»Was stimmt nicht mit dir?«, polterte Charlotte los. »Seid ihr alle schwer von Begriff? Ich springe da nicht runter. Niemals!«

»Ähm, die Anmeldungen sind verbindlich«, mischte sich Mike wieder ein. »Komm doch erst mal mit und sieh es dir an.«

»Allein davon wird mir schon übel. Ob verbindlich oder nicht, keiner kann mich zwingen!«

»Es ist ein megageiles Gefühl, wie Fliegen«, schwärmte Mike. »Das solltest du dir nicht entgehen lassen. Sei kein Weichei und gib dir einen Ruck. Du wirst hinterher begeistert sein. Glaub es mir.«

»Ihr zwei wollt mich echt umbringen, oder?« Sie stemmte die Hände in die Hüfte und sah zwischen ihm und Ben hin und her. Einen Moment verengten sich ihre Augen, sie schien nachzudenken.

Ließ sie sich etwa von Mike überreden? Er selbst wurde angefaucht, aber wenn der Möchtegern-Casanova darum bat, gab sie nach? Außerdem hatte der sie eben Weichei genannt. Das war doch nicht zu fassen.

»Einverstanden. Ich sehe es mir an. Aber wenn ich dann immer noch nicht will, lasst ihr mich in Ruhe. Kapiert?«

»Deal.« Mike streckte die Hand aus und Charlotte schlug tatsächlich ein.

»Hinterher wirst du nochmal springen wollen«, setzte Ben nach.

»Du, sprich mich bloß nicht an«, zischte sie und verließ den Speiseraum.

»Du hast sie nicht wirklich heimlich angemeldet«, feixte Michaela.

»Du sagtest, sie braucht nur einen Schubs. Den kann sie jetzt haben.«

»Hoffentlich reicht ihre Spontaneität dafür aus. Ich drücke dir die Daumen, dass sie nicht dein Seil durchnagt.«

»Na ja, zumindest kann ich sagen, ich habe was erlebt.«

»Immer positiv denken, sehr gut.« Michaela hob ihren Daumen und verabschiedete sich ebenfalls in ihr Zimmer.

Mike klopfte Ben auf die Schulter. »Alter, wenn du dir da mal kein Ei gelegt hast.«

Charlotte stand mit aufgerissenen Augen und bleichem Gesicht am Geländer, das sie von einem über zweihundert Meter tiefen Abgrund trennte. Die steilen, mit

Sträuchern und Gräsern überzogenen Felswände unter ihnen endeten in einem schmalen Tal, durch das sich ein Fluss in den indischen Ozean schlängelte. In der Ferne war dieser sogar zu sehen.

Skeptisch schaute Ben sie an.

War er diesmal zu weit gegangen?

Ihr stand die Panik ins Gesicht geschrieben, obwohl sie noch festen Boden unter den Füßen hatten. Wie würde es ihr gehen, wenn sie auf dem Podest unter der Fahrbahn in der Mitte der Brücke stand und ihr die Knöchel mit einem Gummiseil gefesselt wurden?

»Alles in Ordnung mit dir?«, fragte er sanft.

»Wonach sieht es denn aus?«

»Entschuldige, dass ich dich dazu gedrängt habe. Ich dachte, es könnte dir helfen.«

»Helfen? Schneller einen Herzinfarkt zu bekommen, oder was?«

»Ich meinte, einfach mal loszulassen. Du kannst immer noch nein sagen.«

»Ich weiß, was du meinst. Und ich ziehe das jetzt durch. Für mich!« Sie schnaubte und stiefelte zu dem kleinen Häuschen in der Nähe der Brücke, in dem die ihre Ausrüstung erhielten.

Ben folgte ihr und ließ sich dort ebenfalls kurz einweisen und wiegen.

Mit einer Nummer und dem Gewicht auf dem Handrücken gingen sie wieder nach draußen und warteten zusammen mit Lola, Sienna und ein paar anderen Todesmutigen auf den Abmarsch.

Gerade verließen die Leute, die ihren Sprung bereits hinter sich hatten, die Brücke und plapperten euphorisch durcheinander. Allesamt hatten sie ein Lächeln im Gesicht, also konnte es wohl nicht so schlimm gewesen sein.

Nun durfte Bens Gruppe den Bereich betreten. Er ging hinter Charlotte her, die sich an den Handlauf des Gitters krallte, das sie überqueren mussten. Unter sich sah er den Fluss, dessen Ufer aus Geröll und dichtem Buschwerk bestanden. Um ihn herum erhoben sich die Berge.

»Alles in Ordnung?«, fragte er erneut.

»Ich sehe einfach nicht nach unten.«

»Ich wusste nicht, dass du so schlimme Höhenangst hast.«

»Was meinst du, warum ich im Flugzeug nicht am Fenster sitzen will? Und warum ich diese blöde Felswand in den Drakensbergen nicht hochklettern wollte?«

»Oh. Ich dachte, das ist einfach nur eine Macke.«

»Super, und das habe ich jetzt davon.«

»Du willst also wirklich springen?«

»Ja, will ich!«, sagte sie und hangelte sich weiterhin tapfer am Gitter entlang, bis sie die Plattform erreichten.

Hier hatten die Mitarbeiter die Musik laut aufgedreht, einige tanzten sogar. Alle lachten und wollten gute Stimmung verbreiten. Und das war offenbar nötig, denn nicht nur Charlotte machte ein verzweifeltes Gesicht. Bei der erneuten Einweisung knetete sie unaufhörlich ihre Finger, bis diese ganz rot waren.

Mutig nahm Ben Charlottes Hand in seine und drückte sie aufmunternd. »Du schaffst das schon. Mach einfach die Augen zu, wenn du abspringst.«

»Dann sehe ich ja gar nichts.«

»Du Blitzmerker. Aber es hilft, dich zu überwinden. Nach dem Absprung machst du sie schnell wieder auf und genießt die Aussicht.«

»Ich muss mich darauf konzentrieren, nicht in die Hose zu machen. Genießen kann ich da gar nichts.«

»Ich finde es auf jeden Fall toll, dass du dich traust.« Er sah ihr einen Moment in die Augen und zum Glück entdeckte er weder Zorn noch Ablehnung darin.

Als seine Nummer aufgerufen wurde, zuckte sie merklich zusammen und überprüfte die Zahl auf ihrer Hand.

»Keine Panik. Erst bin ich dran«, beruhigte er sie. »Ich teste die Sicherheit der Anlage für dich.«

»Hals- und Beinbruch«, wünschte sie mit verkrampftem Lächeln.

»Na, danke auch!«

Doch Ben war weder angespannt noch unruhig, schließlich war es nicht der erste Bungeesprung seines Lebens. Allerdings der mit Abstand tiefste und faszinierendste. So eine Aussicht hatte er bislang nicht gehabt.

Routiniert schlang ein Mitarbeiter des Teams das Seil um seine Knöchel, bugsierte ihn mit einem Kollegen an die Plattform und wünschte viel Spaß.

Nun nahm sein Herzschlag doch an Geschwindigkeit auf, und auch sein Atem ging schneller. Dieser Sprung war nicht wie die anderen. Keinesfalls! Die unglaubliche Tiefe vor ihm flößte ihm eine Menge Respekt ein.

Er zögerte kurz.

Auch wenn ihm bewusst war, dass ein sicheres Gummiseil um seine Füße lag, empfand er es als höchst unnatürlich, jetzt in die Tiefe zu hüpfen. Doch er musste es tun. Er brauchte den Kick.

Er breitete die Arme aus und sprang ab.

Alle Muskeln spannten sich auf einmal an. Wie ein Blitz fuhr die Anspannung durch seinen gesamten Körper. Er hatte keine Kontrolle mehr. Die Beine waren gefesselt und es gab kein Zurück. Er fiel.

Seiner Kehle entwich ein lauter Schrei, der von den Felswänden widerhallte, eine Mischung aus Hochgefühl und Ehrfurcht. Kopfüber raste er auf den Boden zu, was seinen Atem und seinen Herzschlag nur noch beschleunigte. Das Flussbett kam näher. Dann wurde er schon durch das Seil abgebremst und wieder nach oben geschleudert. Erneut befand er sich im freien Fall, bis er langsam auspendelte.

Zu seinen Füßen sah er bewölkten Himmel und die Plattform der Brücke, von der er gerade gesprungen war.

Wahnsinn!

Er blickte nach unten auf das Flussbett, das viel zu weit weg war, als dass er sich nur im Geringsten hätte Sorgen machen müssen, auf dem Boden aufzuschlagen.

Er atmete tief durch und stieß erneut einen Freudenschrei aus. Sein Puls beruhigte sich jedoch nur langsam.

Sofort seilte sich ein anderer Mitarbeiter des Bungee-Teams ab, sicherte Ben mit einem zweiten Seil und brachte ihn in sitzender Position wieder nach oben zu den anderen.

Zurück auf der Plattform ließ er ein Erinnerungsfoto von sich machen und flitzte dann wieder zu Charlotte.

»Du bist ja doch wieder da«, feixte sie.

»So schnell wirst du mich nicht los.«

»Das habe ich befürchtet.«

»Witze auf meine Kosten kannst du also noch machen. Dann kann's ja nicht so schlimm sein.«

»Hast du 'ne Ahnung!«

Dann wurde Charlottes Nummer aufgerufen, und sie erstarrte. Das freche Grinsen gefror in ihrem Gesicht.

Mit unsicheren Schritten ging sie schließlich auf den fröhlichen Typen zu, der ihr das Seil um die Knöchel legte, alles prüfte und ihr letzte Hinweise gab. Dann hüpfte sie an das Absprungpodest heran. Sie breitete die Arme aus und ... schüttelte den Kopf.

Oh nein, machte sie einen Rückzieher?

Doch die zwei Mitarbeiter, die bei ihr standen, ließen sie nicht einfach so davonhopsen. Sie redeten auf sie ein, während sie immer wieder die Hände vors Gesicht legte. Dann nickte sie plötzlich, und die Männer klopften ihr auf die Schulter.

Wieder machte sie sich zum Absprung bereit und ... schüttelte erneut den Kopf.

Ben trat an sie heran. »Du schaffst das. Ganz sicher. Mach die Augen zu.«

»Okay, ich schaffe das«, entschied sie, atmete tief durch und sprang einfach ab.

Ungläubig drehte sich Ben zu dem Monitor, der Charlottes Sprung wiedergab. Kreischend stürzte sie in die Tiefe.

Unfassbar! Ohne nachzudenken, war sie gehüpft!

Er verfolgte, wie sie am tiefsten Punkt abgefedert wurde und wieder nach oben schnippte, immer und immer wieder, bis sie nur noch leicht wippend vor sich hin baumelte. Ihr Gesicht konnte er auf dem Bildschirm nicht erkennen, aber zumindest hatte sie es überlebt. Sie hatte die Hände über die Augen gelegt.

Der Mitarbeiter, der Charlotte nach oben begleiten würde, machte sich erneut auf den Weg.

Mit strahlendem Gesicht tauchte sie wieder auf der Plattform auf.

Was war denn nun los? Sie wirkte ausgesprochen euphorisch, sprang klatschend von einem Bein aufs andere. Selbst beim anschließenden Erinnerungsfoto fiel es ihr schwer, nicht herumzuzappeln. Dann hatte sie es geschafft. Lachend tänzelte sie auf Ben zu und fiel ihm um den Hals.

»Ich hab's geschafft!«, jubelte sie und löste sich wieder von ihm. »Das hättest du nicht gedacht, was? Ich habe Höhenangst und bin in diese verdammte Schlucht gesprungen. Ist das genial oder ist das genial?«

»Ich würde sagen, genial.«

»Ich hab's getan!«

»Ja. Und wie fühlst du dich jetzt?«

»Fantastisch. Ich könnte gerade nochmal springen.«

»Immer langsam. Lass erst die anderen.«

»Ganz ehrlich, Ben? Danke. Danke, dass du mich genötigt hast, da hinunterzuspringen.« Sie lächelte liebevoll.

»Ähm ... gern geschehen?«, antwortete er irritiert.

Wollte sie ihn in Sicherheit wiegen, bevor sie ihm an die Gurgel ging, oder meinte sie das tatsächlich ernst?

»Ich habe mich überwunden. Das ist ein großartiges Gefühl«, schwärmte sie ohne eine Spur von Zynismus.

»Du kannst wirklich stolz auf dich sein.«

»Bin ich. Und das verdanke ich dir. Du hast mir den nötigen Schubs gegeben.«

Er lächelte. »Heute Morgen hättest du mich am liebsten noch dafür getötet.«

»Dinge ändern sich«, flüsterte sie und sah ihn mit großen Augen an.

War das etwa ein Lächeln, das ihre Lippen umspielte? Charlotte gab sich auf einmal so friedlich. Vielleicht war jetzt die Gelegenheit, mit ihr über den Silvesterabend zu sprechen.

»Ich weiß, dass ich dir das eine oder andere Mal zu nahegetreten bin. Entschuldige, dass ich dich Silvester so überfallen habe.«

»Schon gut. Ich bin dir nicht böse deswegen. Ich frage mich nur, wie du darauf kommst. Ich meine, ich pöble dich doch ständig an. Und außerdem hast du gesagt, du hättest kein Interesse an mir.«

»Dinge ändern sich«, wiederholte er ihre Worte.

»Warum hast du mir das nicht gesagt?«

»Weil du mit einem anderen Kerl ins Bett gegangen bist.«

»Du warst also eifersüchtig?«

»Kein Kommentar.« Er grinste.

»Das ist süß. Aber eigentlich hättest du dir keine Gedanken machen müssen. Mike ist doch nur ein Spaß zwischendurch gewesen. Das hatte nichts zu bedeuten.«

»Dennoch wollte ich es dir nicht auf die Nase binden. Schließlich kenne ich deine Einstellung.«

»So kommen wir echt nicht weiter. Einigen wir uns doch darauf, dass wir alles vergessen, was in den letzten zwei Wochen passiert ist.«

»Die Nacht im Zululand möchte ich aber ungern vergessen«, sagte er mit kratziger Stimme und legte vorsichtig seine Arme um Charlottes Taille. Sie ließ es zu.

Das Klingeln ihres Handys riss sie allerdings aus diesem innigen Moment. Zu allem Überfluss schob Charlotte ihn sanft von sich und nahm das Gespräch entgegen.

Das durfte doch einfach nicht wahr sein. Sie telefonierte? Jetzt? Die Frau war einfach unverbesserlich!

Dinge ändern sich? Von wegen!

Ben warf ihr einen fragenden Blick zu.

Sie hingegen machte eine besänftigende Handbewegung und legte dann den Zeigefinger auf die Lippen.

»Ja ... sehr gern ... ja, habe ich gelesen ... ich weiß ... es wäre mir ein Vergnügen ... selbstverständlich ... schicken Sie es mir zu, ich sehe es mir an«, flötete sie fröhlich ins Handy. Sie beendete das Gespräch. Doch statt sich wieder Ben zu widmen, tippte und wischte sie auf dem Display herum.

»Was soll das?«, fragte er verwirrt. »Ich dachte ...«

»Scht!«, unterbrach sie ihn und begann, etwas auf dem Telefon zu studieren. Sie schlug sogar Bens Hand weg, als er mit den Fingern vor ihrem Gesicht herumschnipste.

»Kannst du mir jetzt sagen, was das ...«

»Scht, sagte ich!«

Irritiert stand Ben vor ihr, unfähig, seine Ernüchterung in Worte zu fassen.

Zur Krönung des Ganzen wählte Charlotte nun eine Nummer und hielt sich das Telefon wieder ans Ohr. Dabei sah sie ihm demonstrativ in die Augen und bat stumm um Geduld.

Bitte schön. Wenn es ihr so wichtig war.

»Constanze, schön, dass ich dich erreiche ... nein, es war mir nicht möglich ... ich bin im Urlaub ... nein, Herr Krümmling hat nicht unterschrieben und wird es auch nicht tun ...« Einen kurzen Moment hielt sie sich den Lautsprecher vom Ohr, denn ihre Chefin schrie offensichtlich am anderen Ende in die Leitung. »Constanze, nach meiner Rückkehr reiche ich meine Kündigung ein.«

Ben schluckte. Hatte er eben richtig verstanden? Charlotte würde ihren Job kündigen?

Vermutlich fing ihre Chefin nun an zu betteln, denn Charlotte lächelte.

»Wir besprechen das, wenn ich wieder zurück bin. Ab sofort habe ich keinen Empfang mehr.« Ohne eine weitere Antwort abzuwarten, legte sie auf, schaltete das Telefon aus und steckte es in die Hosentasche. »Das wäre erledigt ... Ben, alles in Ordnung?«

»Ähm ... na ja ... ähm ... ich komme nicht ganz mit. Warum hast du gekündigt?«

»Ich wollte auch mal spontan sein.«

»Hat der Bungeesprung irgendetwas durcheinandergebracht? Du sollst doch nicht sofort alles hinschmeißen!«

Wieder lächelte sie. »Herr Krümmling, mein bisheriger Kunde, hat mir ein Angebot gemacht, das ich nicht ausschlagen kann. Seit ein paar Tagen bin ich mit ihm im Gespräch. Ich werde Chefin des Qualitätsmanagements.«

»Was wird aus deinem Posten als Senior Consultant? Darauf hast du doch die letzten Jahre hingearbeitet.«

»Ich möchte nicht mehr einem Ziel hinterherlaufen, das den Weg nicht wert ist.«

»Woher kommt der Sinneswandel?«

Charlotte trat einen Schritt auf ihn zu, legte ihre Arme um seinen Hals und blickte ihn liebevoll an. »Das müsstest du doch am besten wissen. Du hast mir immer wieder gesagt, dass das Leben nicht nur aus Arbeit besteht und es so viele andere wundervolle Dinge zu erleben und zu entdecken gibt. Diese Reise mit dir hat mich neugierig gemacht. *Du* hast mich neugierig gemacht.«

Noch deutlicher konnte sie kaum werden. Ben zog sie an sich, küsste sie auf den Mund und war sich sicher, diesmal keine Abfuhr zu bekommen. Ganz im Gegenteil. Charlotte erwiderte seinen Kuss erst sanft, dann immer stürmischer. Ihre Lippen fühlten sich so gut an, dass ihm beinahe schwindelig wurde und er einen Moment alles um sich herum vergaß.

Jemand räusperte sich. »Wir wären dann durch. Ihr auch?« Ein Mitarbeiter des Teams stand bei ihnen und grinste.

Die Leute, die mit ihnen zusammen auf die Plattform gegangen waren, hatten tatsächlich alle ihren Sprung absolviert und starrten die beiden nun an.

Peinlich berührt löste sich Charlotte von ihm und reihte sich in der Gruppe ein, die nun langsam zurück über die Gitterbrücke wanderte.

»Alles in Ordnung bei dir?«, fragte Ben nach vorn.

»Ja, das ist erstaunlich. Ich kann nach unten sehen, ohne Angst zu haben.« Sie blickte lächelnd nach hinten und warf ihm ein Luftküsschen zu.

Kapitel 17
Charlotte

Als sie die Augen öffnete, blickte sie Ben an, der seinen Kopf in eine Hand gelegt hatte und sie ansah. »Guten Morgen, Sonnenschein.«

»Beobachtest du mich etwa beim Schlafen?«, fragte sie lächeln und streckte sich.

»Erst seit einer Stunde.«

»Oh Gott, muss ich mir etwa Sorgen machen? Oder kannst du mir deine geistige Gesundheit bestätigen?«

»Ich bin absolut gesund. Mir geht es prächtig. Immerhin durfte ich wieder ohne Hose schlafen.« Er schlug die Decke zurück und präsentierte seinen nackten Körper.

Charlotte schmiss ein Kissen auf ihn und hüpfte aus dem Bett. »Komm ja nicht auf dumme Gedanken, wir müssen los.«

Grummelnd rappelte sich auch Ben auf. Er zog sich an, warf seine Sachen in den Rucksack und half dann Charlotte mit ihrem Gepäck.

»Sag mal, da wir gerade davon gesprochen haben«, begann er zögerlich, »was wird aus der Sache mit Mike?«

»Die Tour hast du mir schon zu Silvester vermasselt«, neckte sie ihn.

»Wie das?«

»Er hat es natürlich mitbekommen, wie du mich geküsst hast, und hat mir gesagt, dass er nicht mehr dazwischenfunken möchte. Mal ganz davon abgesehen, wollte ich es selbst gar nicht mehr. Komisch, nicht wahr?«

Er verzog den Mund. »Finde ich nicht. Kommt mir ganz gelegen.«

Liebevoll stupste sie ihn an. »Das habe ich mir schon gedacht.«

Vor der Lodge bugsierten sie ihre Sachen in den Truck und gingen dann zum Frühstück.

Alle waren bereits dabei, sich ihre Teller zu beladen, nur Mara fehlte.

»Guten Morgen«, wünschte Charlotte Michaela. »Wo ist Mara?«

»Sie musste sich eben übergeben. Ich glaube, jetzt hat es sie richtig erwischt. Wir waren aber gestern noch in der Apotheke.«

»Oh nein! So ein Mist. Dann muss sie in Kapstadt vielleicht auch mal zum Arzt. Und wie geht es *dir*?«

»Körperlich? Prima. Die Medikamente helfen gut«, sagte sie mit einem Hauch von Frustration.

Irgendwie passte Michaelas Aussage nicht zu ihrem angespannten Gesicht und dem mürrischen Ton.

»Okay, was ist denn los?« Charlotte setzte sich mit ihr etwas abseits an einen Tisch und stellte zwei Kaffeetassen darauf ab.

Michaela zuckte mit den Schultern. »Immer noch das gleiche Problem. Jens ist total komisch. Egal, wie oft ich ihm sage, dass ich ihn vermisse und gern mit ihm spreche, blockt er ab und schickt Emelie vor.«

»Nicht dein Ernst! Er reagiert gar nicht darauf? Hast du ihm denn gesagt, dass dich das traurig macht?«

»Nicht so direkt.«

»Mit Männern muss man immer Klartext reden. Die kapieren das sonst nicht.«

»Ich weiß. Aber ich habe irgendwie Angst vor den Konsequenzen.«

»Wie darf ich das denn verstehen?«

»Ach, ich weiß auch nicht. Vielleicht liebt er mich gar nicht mehr. Vielleicht hat er eine andere oder was weiß ich.« Sie schlug verzweifelt die Hände vors Gesicht.

»Michaela, jetzt siehst du aber Gespenster! So ein Blödsinn.«

»Ich weiß doch auch nicht mehr, was ich denken soll. Viele sagen immer, es tut gut, wenn man sich mal eine Weile nicht sieht. Da merkt man, was einem fehlt. Ich scheine Jens aber überhaupt nicht zu fehlen. Da frage ich mich, welchen Sinn unsere Beziehung dann hat.«

»Hör auf, so zu reden. Wer weiß, was ihn beschäftigt. Vielleicht ist alles völlig harmlos und du machst dir umsonst Gedanken. Versprich mir, dass du nicht hier und jetzt mit deiner Beziehung abschließt, sondern mit Jens persönlich sprichst, wenn ihr euch seht. Er landet doch übermorgen mit Emelie in Kapstadt, oder?«

»Ja.«

»Um Gottes Willen, dann rede mit ihm. Machst du das?«

»Ja, natürlich. Aber wenn er keine gute Ausrede hat, kann er was erleben.«

»Von mir aus. Ja, mach ihn fertig und lass Dampf ab. Ihm ist das alles sicher nicht so bewusst. Männern muss man die Tasse an den Kopf werfen, damit sie sie nicht immer herumstehen lassen.«

»Sehr schönes Beispiel. Ich hoffe, es ist so.«

»Leute, hört mal her«, unterbrach Mike ihr Gespräch. Er hatte sich mal wieder mit seinem Klemmbrett an der Stirnseite des großen Tisches postiert. »Nach dem Frühstück werden wir zunächst nach Hermanus aufbrechen und dort Mittag essen. Danach geht es dann weiter nach Kapstadt, dem letzten Ziel unserer Reise. In der Lodge könnt ihr euch erst mal einrichten und habt dann den Abend über Freizeit. Morgen wollen wir den Tafelberg erklimmen und danach zum Kap der Guten Hoffnung fahren. Wer also mitmöchte, muss früh aufstehen.«

»Volles Programm morgen«, sagte Charlotte an Michaela gewandt. »Das lenkt dich ein wenig ab.«

»Ich hoffe es!«

»Ach, bevor ich es vergesse: Wo ist eigentlich dein verdammter Koffer? Sollte der nicht hier sein?«

»Sollte er, ja, aber die Airline wollte auf Nummer sicher gehen und hat ihn gleich nach Kapstadt in die Lodge geschickt. Er ist bereits dort.«

»Wirklich? Oh mein Gott, das ist fantastisch.«

»Nun ja, fantastisch ist es nicht, dass ich mein Gepäck erst am Ende der Reise bekomme, aber hey, man kann ja echt nicht zu viel verlangen.« Sie besah sich ihr gelb-schwarz-gestreiftes Shirt und verzog den Mund.

Charlotte schwankte noch, ob es sie eher an eine Biene oder an einen Tiger erinnerte. Beide wollten nicht recht nach Südafrika passen, was das Oberteil als Tarnkleidung ausscheiden ließ. Aber ein Hingucker war es allemal. Vor allem in Verbindung mit dem Leopardenprint von Michaelas luftiger Stoffhose.

Nachdem sie gefrühstückt und ihre leeren Teller in die Küche gebracht hatten, versammelten sie sich draußen vor der Lodge am Truck. Endlich trottete auch Mara mit blassem Gesicht aus ihrem Zimmer.

»Geht's wieder?«, fragte Michaela.

»Muss ja.« Mara seufzte und kletterte die Leiter hinauf.

»Hast du denn die Medikamente genommen?«

»Hab nichts drin behalten. Ich versuche es nachher, wenn sich der Magen vielleicht mal etwas beruhigt hat.«

Als der Truck auf Kapstadt zusteuerte, hing die gesamte Reisegruppe fasziniert an den Fenstern. Rechts erhob sich eine Felswand, links breitete sich der Atlantik vor ihnen aus. Hohe Wellen peitschten an die steinige Küste und der Wind blies durch die offenen Wagenfenster.

Dann lenkte Mike das Fahrzeug ins Landesinnere.

Die schicken Vorstadtvillen und exklusiven Strandabschnitte wichen den Townships von Kapstadt. Die heruntergekommenen Wohnsiedlungen der armen Bevölkerung boten einen traurigen Anblick. Hier stand Wellblechhütte an Wellblechhütte, einfach zusammengebaute Baracken inmitten von Müll und Gerümpel. Der erste Eindruck der Millionenmetropole war ernüchternd.

Entsetzt über die erbärmliche Wohnsituation starrte Charlotte nach draußen.

Das Viertel zog sich kilometerlang, bis sich die Verhältnisse verbesserten. Je weiter sie ins Zentrum der

Großstadt gelangten, umso schöner präsentierte sie sich. Sie wurde grüner, bunter, belebter.

Die Lodge lag im Westen von Kapstadt, ganz nah an der Küste und nicht weit vom Lion's Head und dem Tafelberg entfernt. Die beste Gegend war es nicht, jedoch eine andere Welt verglichen mit den Slums am Stadtrand.

Das Grundstück war von einer hohen Mauer und Zäunen umgeben und auf der Terrasse lag ein großer Hund.

Sehr beruhigend.

Doch als sich die Gruppe auf dem Vorplatz versammelte, hob dieser nur den Kopf, wedelte kurz mit dem Schwanz und schloss die Augen wieder.

Super Wachhund. Weniger beruhigend.

Die Verwalterin der Lodge begrüßte sie freundlich, zeigte ihnen die Aufenthalts- und Speiseräume und die Schlafräume im Nebengebäude. Mit dem Hotelzimmer in Mtunzini oder ihrer letzten Unterkunft in Knysna konnte das Kämmerchen zwar nicht mithalten, aber immerhin hatten sie schon Schlimmeres gesehen.

»Getrennte Betten«, stellte Charlotte nüchtern fest.

»Letzte Woche hast du dich noch darüber gefreut«, meinte Ben. »Aber wenn du einsam bist, kannst du gern wieder mit in meinen Schlafsack kriechen.«

»Das hättest du wohl gern.«

»Irgendwie schon.« Er schlenderte auf sie zu, umschlang ihre Taille mit beiden Armen und zog sie an seine Hüften. »Aber ich bin schon zufrieden, wenn du mich nicht beleidigst, beschimpfst oder auslachst.«

»Sehr genügsam. Das gefällt mir«, hauchte sie und stellte sich auf die Zehenspitzen, um ihn zu küssen.

Ganz langsam schob sie ihre Finger unter sein Shirt und strich über die nackte Haut.

Er zog scharf die Luft ein, unterbrach ihren Kuss dennoch nicht.

Sie lächelte in sich hinein und setzte ihren Weg mit den Händen nach vorn fort, bis sie an der Schnalle seines Gürtels anlangte.

»Wenn du die jetzt öffnest, kann ich für nichts mehr garantieren«, flüsterte er ganz nah an ihrem Ohr.

»Ich brauche keine Garantien mehr. Lassen wir es doch einfach auf uns zukommen«, entgegnete sie lächelnd und schubste ihn aufs Bett.

**

Am frühen Morgen standen alle aus der Gruppe versammelt vor der Lodge und warteten auf Mike, der den Truck vorfahren wollte. Nur Mara war wieder nicht da.

»Wie ich sehe, ist dein Koffer tatsächlich angekommen«, stellte Charlotte mit einem Blick auf Michaela fest.

Sie trug Jeans und ein türkisfarbenes Trägershirt ohne schreckliche Muster oder sonstige Auffälligkeiten.

»Du kannst dir nicht vorstellen, wie erleichtert ich bin! Ich habe es erst geglaubt, als ich ihn geöffnet habe und all meine Sachen vollzählig anwesend waren. Sogar die Tasse von Emelie ist heilgeblieben.«

»Ich freue mich für dich.«

»Wenigstens etwas, das gut ausgegangen ist.«

»Ist dieses Chickafieber immer noch nicht weg?«

»Doch, das auch. Ich bin wieder fit. Sonst würde ich nicht mit auf den Tafelberg kraxeln.«

»Und Mara möchte wirklich nicht mitkommen?«, fragte Charlotte zur Sicherheit noch einmal nach.

Michaela seufzte. »Es wird einfach nicht besser. Sie hing eben schon wieder über der Kloschüssel.«

»Schade«, klinkte sich nun auch Ben ein. »Sie verpasst den berühmtesten Berg Südafrikas. Kann sie sich denn gar nicht aufraffen?«

»Ich fürchte nicht. Die geplatzte Hochzeit kommt noch dazu. Hier in Kapstadt wollte sie mit Christoph feiern und nun ist alles aus. Das macht ihr zu schaffen. Ich glaube, sie will einfach keinen sehen.«

»Sie tut mir so leid«, meinte Charlotte. »Oh, Mike ist da, wir müssen los. Soll ich es nochmal schnell versuchen?«

»Lass mal. Nichts für ungut, aber dein Liebesglück mit Ben bringt das Fass wahrscheinlich gerade zum Überlaufen.«

Charlotte sah Ben an und biss sich auf die Lippen. Ihre Freundin hatte recht. Sie mussten sich vor Mara unbedingt zusammenreißen und durften nicht das frisch verliebte Paar abgeben. Das wäre einfach zu viel für sie.

»Ich würde am liebsten auch hier bleiben«, grummelte Michaela. »Ich bin überhaupt nicht in Stimmung für eine lustige Wandertour.«

»Ach komm, du nicht auch noch!«

»Nein, du musst mitkommen«, mischte sich Ben energisch ein.

»Von mir aus.«

»Die Gelegenheit bekommst du wahrscheinlich nie wieder. Oder möchtest du demnächst nochmal nach Südafrika fliegen?«, hakte er nach.

»Ich hab' doch schon ja gesagt, beruhige dich! Die besten Erinnerungen habe ich allerdings bisher leider nicht an diesen Urlaub. Insofern zieht mich erst mal nichts wieder hierher.«

»Na also. Die Aussicht vom Tafelberg aus ist sicher grandios.«

»Na prima. Ich hoffe, dass meine Gleichgültigkeit in Bezug auf Höhen immer noch anhält«, überlegte Charlotte.

»Sicher! Es wird einmalig.« Ben zwinkerte ihr und Michaela zu, grinste gutgelaunt und schwang sich in den Truck.

»Mara möchte nicht mit?«, fragte Mike verwundert, als er seine Gruppe überblickte.

»Nein, sie hat sich wahrscheinlich bei Michaela angesteckt«, informierte Charlotte ihn. »Ihr ist seit Tagen schlecht und sie muss sich übergeben.«

»Chikungunyafieber ist nicht ansteckend«, erwiderte Mike. »Vielleicht hat sie sich auch irgendetwas anderes eingefangen.«

»Ach, tatsächlich?«

»Nur die Mücken übertragen das Virus. Wenn es Mara heute Abend nicht bessergeht, müssen wir auch mit ihr mal zum Arzt.«

»Okay, ich kümmere mich darum.«

»Himmel, Arsch und Zwirn! Ich kann nicht mehr!« Charlotte blieb abrupt stehen und stemmte die Hände in die Hüfte. Ihr rann der Schweiß von der Stirn, die Füße schmerzten und in den Oberschenkeln hatte sie kein Gefühl mehr. »Wie viele Stufen sind das denn noch?«

Sie blickte nach oben. Ein Ende war nicht in Sicht. In Serpentinen schlängelte sich der Weg über unzählige Stufen bis hinauf zwischen zwei große Felsen. Dort war das Ziel. Dort mussten sie hin. Aber das sah noch verdammt weit aus.

Während Charlotte ihre Wasserflasche aus dem Rucksack zerrte, kam ihnen ein Mann entgegen – im schwarzen Anzug. Er lief locker den Berg hinab, als wäre es das Normalste der Welt, im feinen Zwirn den Tafelberg abzusteigen.

»Der kann mir nicht erzählen, dass er den Berg auch *hoch*geklettert ist. Der hat doch die Seilbahn benutzt!«, brummte sie und nahm einen großen Schluck Wasser.

»Komm schon, wir haben schon über die Hälfte geschafft. Du willst doch jetzt nicht aufgeben«, feuerte Ben sie an.

»Wer hat denn etwas von Aufgeben gesagt? Ich brauche nur eine Minute.«

Nach ein paar tiefen Atemzügen setzte sie sich wieder in Bewegung und kämpfte sich Stufe um Stufe nach oben, bis sie endlich die letzten Steine erklomm und die Arme in die Höhe riss.

Plötzlich waren die schweren Beine nicht mehr so wichtig, der Schmerz in der Lunge vergessen. Sie stieß einen Freudenschrei aus. »Wohoo, ich hab's geschafft.«

»Glückwunsch, du hast eben über siebenhundert Höhenmeter hinter dich gebracht.«

»Ein geiles Gefühl!«

»Los, kommt«, wandte Ben sich auch an Michaela. »Wir müssen zum Aussichtspunkt.«

Mit schnellen Schritten ging er voran, sodass Charlotte und ihre Freundin kaum hinterherkamen.

Was hatte den denn gestochen?

Sie kletterten über das Gestein, hüpften über kleine Felsspalten, blieben schließlich am nördlichsten Punkt des Berges stehen und blickten auf die Stadt hinab. Sie entdeckten Lion's Head, einen kegelförmigen Berg und eines der Wahrzeichen Kapstadts, das Cape Town Stadium und den Stadtteil, in dem ihre Lodge lag, sie sahen den Ozean im Westen, und im Osten und Süden die Bergkette, zu der auch der Tafelberg gehörte. Hier oben auf dem Plateau befanden sich die Seilbahnstation und viele verschiedene Aussichtspunkte, von denen man einen Rundumblick auf das Tal unter ihnen hatte.

Ein paar Minuten hielten sie inne, bis Ben Charlotte anstupste. »Hey, komm mal mit«, flüsterte er ihr zu.

»Was? Warum?«

»Komm einfach!« Dann wandte er sich an Michaela: »Wir sind gleich wieder da. Wartest du hier auf uns?«

Verwirrt schaute Michaela ihn an. »Wo wollt ihr denn hin?«

»Ich muss mit Charlotte kurz etwas besprechen. Bleib genau hier. Sonst finden wir dich nicht wieder.«

»Okay.« Sie zuckte mit den Schultern und drehte sich wieder der Stadt entgegen, die ihr zu Füßen lag.

Ben schnappte sich Charlottes Hand und zog sie über die Felsen zurück auf den Weg. Etwas abseits positionierte er sie so, dass sie Michaela noch sehen konnte.

Was hatte er denn jetzt vor?

»Okay, jetzt wartest *du* kurz. Ich bin sofort wieder bei dir.«

»Was ist denn nur los?«, fragte sie ihn, doch er flitzte schon davon und verschwand hinter einem Felsvorsprung.

Warum, zum Geier, ließ er sie nun hier stehen? Sie hätte doch auch bei Michaela warten können. Die stand aber einsam an der Klippe und ließ den Blick in die Ferne schweifen. Sie sah traurig aus. Sicher bereitete ihr Jens' Verhalten immer noch Kopfzerbrechen.

Im Augenwinkel machte Charlotte auf einmal eine Person aus, die auf ihre Freundin zusteuerte. Sie sah genauer hin. Das war Jens!

Bevor sie sich weiter darüber wundern konnte, tauchte auch Ben plötzlich wieder neben ihr auf – mit Emelie an der Hand.

»Hallo Tante Charly«, sagte die Kleine mit strahlendem Gesicht.

»Emelie? Was machst du denn schon hier?« Sie ging in die Hocke und drückte das Mädchen an sich. »Das ist ja eine Überraschung.«

»Ja, für Mama!«

»Emelie!«, warnte Ben sie in gespieltem Ernst. »Du verrätst nichts!«

»Was soll sie nicht verraten?«, bohrte Charlotte nun bei Ben nach und erhob sich wieder.

»Sieh doch einfach hin.«

Sie drehte sich in Michaelas Richtung und beobachtete, wie diese irritiert ihren Freund begrüßte. Nach großer Wiedersehensfreude sah es nicht aus, dafür war sie vermutlich zu verwundert. Nun hielt sie Ausschau und entdeckte Emelie. Schon wollte sie auf sie zulaufen, doch Jens hielt sie auf. Er nahm ihre Hände in seine und redete auf sie ein.

Charlotte konnte ihr Gesicht nicht mehr sehen, erkannte aber, dass sie ab und an nickte oder mit den Schultern zuckte.

Dann kniete sich Jens vor sie auf den Boden.

»Oh, mein Gott«, flüsterte Charlotte. »Er macht ihr einen Antrag.«

Mit offenem Mund verfolgte sie, wie Jens weitersprach und Michaela immer wieder die Hand über den Mund legte. Sie sah, dass ihre Freundin vor Freude weinte, ihre Schultern zuckten verräterisch.

Aus der Jackentasche kramte Jens nun eine kleine Schatulle und öffnete sie. Er nahm etwas heraus. Sicher einen Ring! Dann hielt er inne und fragte Michaela etwas.

»Willst du meine Frau werden?«, soufflierte Charlotte leise.

Energisch nickte Michaela mit dem Kopf und ließ sich den Ring an den Finger stecken. Danach fiel sie Jens um den Hals und küsste ihn.

Charlotte legte ihre Hände auf ihre Brust. »Ist das romantisch.«

»Darf ich jetzt zu meiner Mama gehen?«, fragte Emelie.

»Warte, ich bringe dich hin. Ist etwas steinig hier«, meinte Ben und führte die Kleine zu ihren Eltern.

Er klopfte Jens auf die Schulter, umarmte Michaela und ließ die drei wieder allein.

»Hoffen wir, dass das besser ausgeht als zwischen Mara und meinem Bruder«, meinte er, als er wieder neben Charlotte stand.

»Hast du etwas damit zu tun?«, fragte sie.

»Mit Christophs Flucht?«

»Nein! Mit Jens' Heiratsantrag.«

»Nicht direkt. Ich habe Jens angerufen, weil Michaela so traurig war.«

»Echt? So was machst du? Ich hatte auch daran gedacht, aber irgendwie nicht gewusst, was ich zu ihm sagen soll.«

»Ist doch ganz einfach: Alter, was ist los mit dir!«

Charlotte lachte. »Was war denn nun seine Ausrede für die kurz angebundenen Telefonate?«

»Er hatte den Antrag schon vorher geplant, war meganervös und wollte sich nicht verplappern. Er musste ein wenig umdisponieren, da Michaela ja die Rundreise mit uns gemacht hat und schon heute auf dem Tafelberg ist. Deshalb hat er nur das Nötigste mit ihr gesprochen. Ihm war absolut nicht bewusst, wie sehr er sie damit verletzt hat. Wie ich vermutet hatte.«

»Wow, also wenn das mal kein Grund ist.«

»Michaela scheint ihm ja verziehen zu haben.«

Sie wandten ihren Blick der kleinen Familie zu und nahmen sich in die Arme.

»Du, sag mal ...«, setzte Ben an.

»Nein, ich will dich nicht heiraten!«

Sie grinsten sich an und schlenderten dann den Weg entlang zu einem weiteren Aussichtspunkt.

Charlotte klopfte leise an Maras Zimmertür und steckte ihren Kopf hinein.

Ihre Freundin saß auf dem Bett, umgeben von benutzten Taschentüchern, und starrte Löcher in die Luft.

»Hey, darf ich reinkommen?«, fragte sie.

»Ich kann dich ja doch nicht aufhalten, oder?«

Charlotte trat ein, schloss die Tür hinter sich und setzte sich zu Mara auf die Bettkante.

»Was willst du?«

»Ich wollte fragen, wie es dir geht.«

»Fantastisch. Das sieht man doch! Mir ging es noch nie besser. Ich könnte Bäume ausreißen und die ganze Welt umarmen.« Sie schnäuzte sich geräuschvoll die Nase.

»Ich habe gehört, dass du Bescheid weißt über Michaela und Jens?«, fragte sie vorsichtig.

»Als sie ihre Sachen geholt hat, um zu Jens ins Zimmer zu ziehen, habe ich den Ring gesehen. Ich bin vielleicht krank, aber nicht blöd. Verlasst mich nur alle. Nur zu!«, sagte sie traurig.

»Apropos krank«, fiel Charlotte ein und wühlte in ihrer Handtasche. »Ich habe dir etwas mitgebracht.«

»Noch mehr Medikamente? Bringt nichts. Ich behalte nichts drin.«

Wortlos warf Charlotte eine kleine Pappschachtel auf das Bettlaken.

Es dauerte einen Moment bis Mara erkannte, was das war. »Ein Schwangerschaftstest?«, kreischte sie. »Bist du irre?«

»Ich wollte nach dem Ausschlussverfahren vorgehen, denn bei Michaela kannst du dich nicht angesteckt haben und im Prinzip ist dir ja nur schlecht, oder?«

»Ich bin schlapp und müde.«

»Weil du dich permanent übergeben musst.«

»Außerdem tut mein Bein weh.«

»Vielleicht hast du einfach zu lange darauf gesessen.«

»So ein Blödsinn. Ich bin nicht schwanger! Und jetzt raus hier. Ich will weiterheulen.«

»Ach, komm schon. Möchtest du nicht mit uns auf der Terrasse eine Pizza essen?«

»Pfui, Essen. Da kommt es mir schon wieder hoch.«

»Soll ich heute Nacht bei dir schlafen, wenn Michaela schon ausgezogen ist?«

»Nein, ich will deinem jungen Glück mit Ben nicht im Wege stehen«, antwortete sie verbittert, schmiss sich ins Kissen und zerrte die Decke über sich.

»Okay, ich komme nachher nochmal zu dir. Wir sind draußen, wenn du uns brauchst.«

Als Antwort erhielt sie nur noch ein Grummeln, also stand Charlotte auf und verließ seufzend das Zimmer.

Auf der Terrasse gesellte sie sich zu den anderen und schlang die Pizza in sich hinein. Nach dem anstrengenden Tag hatte sie mächtigen Hunger. Obwohl Michaela und Jens etwas zu feiern und eine Ladung Wein spendiert hatten, war die Stimmung verhalten. Alle machten sich Sorgen um Mara.

Doch die ließ sich erst blicken, als es bereits dämmerte. Sie schlurfte aus dem Haus, kam auf die Gruppe zu und blieb vor dem Tisch stehen. Ihre Haare waren zerzaust und matt, die Schultern hingen resigniert herunter, und die Augenringe waren gigantisch.

Alle hielten inne und warteten auf einen Laut von Mara. Ohne ein Wort zu sagen, streckte sie ihre Hand aus und hielt Charlotte ein weißes Stäbchen entgegen. Auf dem kleinen Display waren zwei Striche zu erkennen.

Oh!

»Ähm ... Glückwunsch?«, meinte Charlotte zaghaft.

Kapitel 18
Charlotte

Ein lautes Klopfen riss sie aus dem Schlaf. Sie rieb sich die Augen. Da klopfte es schon wieder, begleitet von einem hysterischen »Charlotte! Bist du wach?!«

Verschlafen kämpfte sie sich aus dem Bett und ging zur Tür. »Mara? Was ist denn los?«

»Die Katastrophe ist perfekt! Von mir aus kann jetzt die Welt untergehen«, keifte sie.

»Lass uns das draußen besprechen, sonst weckst du noch Ben.«

»Zu spät«, brummte es in den Laken. »Ich bin ja nicht taub.«

»Dein dämlicher Bruder!«, begann Mara, stieß die Tür auf und ging mit ausgetrecktem Zeigefinger auf Ben zu. »Dein gottverdammter Bruder war zu feige, die freie Trauung in Stellenbosch abzusagen.«

»Was?«, kommentierte Charlotte entgeistert.

»Der Inhaber des Anwesens hat mich gerade wegen der Probetrauung angerufen.«

»Ach du Scheiße!« Mehr fiel Charlotte einfach nicht ein.

»Und was bitte habe ich jetzt wieder damit zu tun?«, verteidigte sich Ben.

Mara öffnete den Mund, drohte weiter mit dem Finger, sagte jedoch nichts. Stattdessen ließ sie ihre Hand sinken und hockte sich zu ihm aufs Bett.

Schnell brachte Ben seine Beine in Sicherheit.

Mit den Armen umschlang sie ihre Knie und begann zu schaukeln. »Mein Verlobter hat mich geschwängert und ist abgehauen, ohne irgendjemandem Bescheid zu sagen. Ich dreh gleich durch. Charlotte!«

»Was?«

»Hattest du Christoph mitgeteilt, er soll die Feier absagen? Das wolltest du doch tun.«

»Ja, natürlich habe ich ihm das gesagt. Eine Wir-hassen-Christoph-Party hielt ich auch nicht für angebracht, also meinte ich, er solle alles abblasen.«

»Was hatte er geantwortet?«

»Nach einigem Hin und Her sagte er, er kümmert sich. Sollte ja sein Problem sein.«

»Tja, und jetzt ist es wieder mein Problem. Oh mein Gott, was ist jetzt mit den Gästen? Die wissen doch, dass wir nicht geheiratet haben! Sind die jetzt trotzdem hier?«

»Keine Ahnung. Ich habe von niemandem etwas gehört.«

»Ich auch nicht«, warf Ben ein.

»Ich muss meine Mutter anrufen«, entschied Mara und erntete einen skeptischen Blick von Ben. »Guck nicht so. Wir haben seit Tagen nicht telefoniert. Ich hab's kapiert, dass meine Eltern zu viel in meinem Leben bestimmen. Aber das ist jetzt wichtig.«

Ben hob beide Hände. »Ich hab nichts gesagt.«

»Das will ich dir auch geraten haben«, schnaubte sie und verließ das Zimmer.

Verdattert stand Charlotte noch immer an der Tür und verzog den Mund. »Was ist das denn für ein riesengroßer Haufen Mist? Hat Christoph es etwa vergessen?«

»Oder verdrängt. Ich schwöre, ich weiß von nichts.«

»Fuck!«

»Ich finde es niedlich, wenn du fluchst«, sagte er und grinste anzüglich.

»Das ist jetzt nicht der richtige Zeitpunkt, Ben. Wir müssen Mara helfen, das wieder geradezubiegen. Komm schon, steh endlich auf!«

Zwei Stunden später saßen Mara, Charlotte, Ben, Michaela, Jens und Emelie im Mietwagen und machten sich auf den Weg nach Stellenbosch.

Heute hatte sich Mara wenigstens die Haare gekämmt, etwas Make-up aufgelegt und saubere Kleidung angezogen. Sie sah wirklich hübsch aus, bis auf die verquollenen Augen, die von einer schlaflosen Nacht zeugten.

»Hast du deiner Mutter eigentlich von deiner Schwangerschaft erzählt?«, fragte Charlotte leise.

»Nein, noch nicht. Ich will das erst in Deutschland bestätigen lassen. Das soll noch kein anderer wissen.«

»Verstehe.«

»Leute, habt ihr gehört?«, fragte Mara in die Runde. »Ihr behaltet den Krümel in meinem Bauch bitte für euch.«

»Mama, was hat Tante Mara denn für einen Krümel im Bauch?«, fragte Emelie Michaela.

Die grinste. »Tante Mara hat einen Kuchen gemacht. Der muss nun neun Monate backen.«

»So lange?«, quietschte die Kleine fröhlich.

Michaela nickte. »Ihr solltet das Thema nicht vor dem Kind anschneiden. Im Geheimnisse bewahren ist sie noch nicht sonderlich gut.«

»Seht mal, wir sind da«, warf Ben ein und lenkte den Wagen in eine Auffahrt, die zu einer großen Villa führte.

Rechts und links säumte gepflegter Rasen den Weg. Um das Grundstück herum standen Palmen und große Stieleichen. Vor dem Haus belegten bereits einige Autos die Parkplätze. Vermutlich waren die Dienstleister zum Aufbau der Möbel und Dekoration hier. Der Eingang war schon mit weißen Rosen und Seidenbändern geschmückt.

»Oh nein, die haben alles vorbereitet«, jammerte Mara. »Was für ein Schlamassel. Ich bringe Christoph um!«

»Ich kann mir nicht vorstellen, dass er das mit Absicht gemacht hat«, gab Ben zu bedenken.

»Er ist ein Feigling! Nicht mal ans Telefon ist er gegangen, der Arsch. Selbst bei dir nicht.«

»Und deine Mutter hatte auch keinen blassen Schimmer, was schiefgelaufen ist?«, hakte Michaela nach.

»Nein, sie wusste von nichts! Keiner der Gäste ist auf sie zugekommen. Aber die mussten doch wissen, dass die Trauung nicht stattfindet.«

»Davon gehe ich aus. Nur der Veranstalter wurde anscheinend nicht informiert.«

»Wir werden es ja gleich erfahren. Und wenn es so ist, dann feiern wir eben heute eine Party und laden die anderen aus der Reisegruppe mit ein«, schlug Charlotte vor.

»Du und deine blöde neue Spontaneität! Darüber kann ich gerade gar nicht lachen!«, schnauzte Mara sie an.

Doch Charlotte zuckte nur mit den Schultern, stieg aus dem Wagen und lief schnurstracks auf die Veranda zu. Die Tür zur Diele war nicht zugesperrt, also betrat sie entschlossen das Haus und sah sich um. Mara und die anderen folgten ihr schnell.

Das große, offene Zimmer zu ihrer Rechten war wunderschön mit weißen Rosen und zartgrünen Accessoires dekoriert. Die Buffettische standen bereit und im nächsten Raum war eine Tanzfläche nebst DJ-Pult eingerichtet.

»Ich möchte *jetzt* gerne sterben«, gab Mara kleinlaut von sich.

»Ah, schön, dass Sie da sind«, begrüßte sie ein dicklicher Mann, der gerade aus einem der Räume trat, vermutlich die Küche. »Wir haben bereits alles vorbereitet und können beginnen.«

»Ähm ... Ihnen hat niemand etwas gesagt?«, fragte Mara in nervösem Ton.

»Was denn gesagt? Fehlt etwas? Haben Sie noch irgendwelche Wünsche?«

»Nein ... ähm ... die Feier ... findet ... nicht statt.«

Der kleine Mann mit seinem altmodischen Schnauzbart starrte Mara einen Moment an und brach dann in lautes Gelächter aus. »Guter Witz. Sie sind sehr entspannt vor Ihrer Hochzeit.«

»Sie verstehen nicht, es wird keine Hochzeit geben.«

Jetzt glotzte er verwirrt. »Aber alle sind da. Dort, im Garten.« Er zeigte in einen großen Raum, durch den wohl die Terrasse und die Grünfläche zu erreichen waren.

Maras Herz rutschte in die Hose. Charlotte hätte schwören können, dass sie den dumpfen Schlag gehört hatte. Ihre Freundin begann zu zittern.

»Nein, das ist nicht wahr. Das *darf* nicht wahr sein. Kann mich bitte jemand aus diesem Alptraum retten?«

Sofort legte Charlotte einen Arm um Mara. »Möchtest du dich setzen? Brauchst du Wasser?«

»Ich hole Ihnen etwas zum Trinken«, bot sich Schnauzbart an und verschwand wieder durch die Tür, durch die er gekommen war.

»Ich will mich nicht setzen. Ich muss das jetzt aufklären. Wenn es ja sonst keiner macht!«, entschied Mara.

»Wir kommen mit.« Charlotte nahm die Hand ihrer Freundin und begleitete sie nach draußen.

Auf der Terrasse, von der einige Stufen hinunter in den Garten führten, blieben sie wie angewurzelt stehen.

Auf der Rasenfläche hatte sich die gesamte Hochzeitsgesellschaft verteilt und schlürfte den gereichten Sekt. In der Mitte war ein Blumenbogen für das Brautpaar aufgebaut, davor standen etliche Stuhlreihen mit einem breiten Gang dazwischen, der mit weißem Teppich ausgelegt war.

Charlottes Blick huschte über die Anwesenden, die meisten kannte sie. Und dort war das etwa Bettina? Sie stupste Mara an und deutete auf ihre Mutter.

»Was zum Teufel ...« Mara brach ab. Gerade machte sie einen Schritt nach vorn, da trat Christoph aus der Menge.

Er war hier!

Charlotte brachte kein Wort heraus, sie stand ebenso regungslos neben ihrer Freundin.

Langsam und vorsichtig kam Christoph auf sie zu. Er trug einen Smoking - seinen Hochzeitsanzug. Am Revers steckte eine weiße Rose, und in der Hand hielt er den Brautstrauß. Den hatten Mara und Charlotte noch vor ein paar Wochen selbst bestellt, gemeinsam mit dem Blumenschmuck, der die komplette Villa schmückte.

Mara wich nicht zurück, doch sie ging ihm auch nicht entgegen. Stattdessen griff sie wieder nach Charlottes Hand.

»Soll ich euch nicht allein lassen?«, flüsterte Charlotte.

»Nein, du musst mich vor einer langen Gefängnisstrafe bewahren.«

»Hör dir an, was er zu sagen hat. Bitte. Du kannst dich doch noch an *unseren* Streit erinnern. Er hatte dasselbe Thema. Und *mir* hast du verziehen.«

»Das kann man nicht vergleichen.«

»Ich weiß.«

Endlich war Christoph bei ihnen angekommen und lächelte schüchtern. »Hallo Mara.«

Schweigen.

»Du wunderst dich sicher, warum ich unsere Gäste nicht ausgeladen habe«, fuhr er fort.

Sie zog eine Augenbraue nach oben.

»Okay, wundern ist vielleicht das falsche Wort. Ich weiß, du bist stinksauer, du bist wütend, verletzt. Ich habe dich gekränkt und gedemütigt. Das kann ich in meinem Leben wahrscheinlich nie wiedergutmachen. Ich habe einen Fehler gemacht – den größten meines Lebens.«

Mara verlor noch immer kein Wort, krallte sich nur an Charlottes Hand fest, die bereits schmerzte.

Christoph räusperte sich. »Es tut mir unendlich leid, was ich dir angetan habe. Ich hoffe, du kannst mir das irgendwann einmal verzeihen.«

Er ging auf die Knie, holte eine Schatulle aus seiner Innentasche, öffnete sie und hielt sie Mara entgegen.

»Möchtest du meine Frau werden? Heute, hier und jetzt?«, fragte er mit zittriger Stimme und versuchte wieder ein Lächeln. Seine Augen flehten sie förmlich an.

Alle Anwesenden hatten aufgehört zu reden, lauschten dem Bräutigam und schienen sogar den Atem anzuhalten. Nur den Wind in den Bäumen und das Vogelgezwitscher konnte man hören.

Eine Weile starrte Mara Christoph an, dann befreite sie sich von Charlottes Hand und versetzte ihrem Ex-Verlobten eine schallende Ohrfeige. Ohne ein Wort machte sie kehrt und rannte ins Haus.

»Autsch!«, machte Charlotte, während Christoph seine Wange rieb.

Bevor er aufstehen und Mara folgen konnte, hielt sie ihn auf. »Warte! Lass mich mit ihr reden. Ich glaube, du machst es jetzt nur noch schlimmer.«

Sie hastete zurück in die Villa, blickte sich überall um, riss hier und da eine Tür auf und fand ihre Freundin schließlich in der Damentoilette neben dem Eingang. Sie hockte auf einem der Klodeckel, hatte die Tür nicht geschlossen.

»Hey, Süße«, begann Charlotte. »Das war richtig. Du hast dir Luft gemacht.«

»Wenn ich das wirklich getan hätte, hätte er keine Eier mehr.«

»Du willst doch nicht, dass dein Baby ein Einzelkind bleibt, oder?«

Mara stöhnte laut. »Charlotte! Deine doofen Witze kannst du dir sparen.«

»Tut mir leid. Ist mir so rausgerutscht.«

Sie kniete sich vor ihre Freundin. »Mara, Liebes, ich weiß, dass Christoph im Moment der letzte Mensch ist, den du sehen möchtest, aber du musst früher oder später sowieso mit ihm sprechen. Du erwartest ein Kind von ihm.«

»Das hat ihn nicht mehr zu interessieren.«

»Das ist nicht dein Ernst, und das weißt du. Er wird sich wahnsinnig über das Baby freuen und möchte es todsicher mit dir aufziehen. Er liebt dich, sehr sogar. Sieh mal, er wollte die Hochzeit um keinen Preis aufgeben, möchte dich immer noch heiraten.«

»Das hätte er vor dreieinhalb Wochen tun müssen!«

»Sein Abgang war dumm, daran gibt es keinen Zweifel. Er hatte einen Aussetzer und hat alles vermasselt. Das ist ihm bewusst, glaub mir. Aber er möchte sich entschuldigen. Er bereut alles zutiefst. Man sieht es ihm an.«

»Mag sein.«

»*Ist* so.«

»Wie du meinst.«

»Liebst du ihn noch?«

»Natürlich. Das verfliegt ja nicht einfach. Ich bin nur maßlos enttäuscht.«

»Das versteht jeder. Aber willst du ihn endgültig verlassen? Kannst du dir ein Leben ohne ihn vorstellen? Ganz ehrlich.«

»Nein.«

Leise klopfte es an der Tür.

»Mara, Schatz. Darf ich reinkommen?« Bettina steckte ihren Kopf herein.

Mara nickte.

»Liebling, ich kann nachvollziehen, dass du Christoph nicht so einfach vergeben willst. Aber ich möchte dir etwas sagen: Er trägt nicht allein die Schuld an diesem Dilemma. Ich habe ihn in die Enge getrieben, du hast es zugelassen und er hat den Kopf verloren.«

»Jetzt gibst du *mir* die Schuld?«

»Teilweise, ja«, antwortete Bettina bestimmt. Sie nahm die Hände ihrer Tochter und drückte sie sanft. »Wir haben alle unseren Beitrag dazu geleistet. Christoph hat es eingesehen und einen riesigen Aufwand betrieben, um Buße zu tun. Nun sind wir an der Reihe.«

»Du steckst mit ihm unter einer Decke!«

»Ja, das tue ich. Wir haben lange und oft miteinander gesprochen, seit du nach Afrika geflogen bist. Jeden Tag kam er zu uns und hat sich entschuldigt, bis wir uns seine Erklärung angehört haben.«

»Und das konntest du am Telefon alles für dich behalten?«

»Es hat mich eine Menge Kraft gekostet, dir nichts zu verraten. Dein Vater und ich hatten ja sogar die Wohnung schon ausgeräumt. Und Christoph hat uns auch erst kurz vor Silvester überzeugt. Aber ich bin froh, dass alles so gekommen ist. Wir sind nun hier und ich wünsche es mir nicht anders.«

Nachdenklich sah Mara ihre Mutter an, dann Charlotte und wischte schließlich ihre Tränen weg.

»Gut, ich will mit ihm sprechen, unter vier Augen.«

»Natürlich. Wir schicken ihn zu dir. Okay?«

Mara nickte.

Charlotte drückte ihre Freundin noch einmal und folgte dann Bettina nach draußen. Dort saß Christoph auf den Stufen zum Garten und knetete nervös seine Finger. Die Hochzeitsgesellschaft führte nur verhalten ihre Gespräche fort und verstummte sofort, als die beiden Frauen auf der Terrasse erschienen.

»Geh zu ihr«, flüsterte Bettina Christoph zu und wandte sich dann an die Gäste. »Ihr Lieben, wir geben den Kindern einen Moment. Es gibt eine Menge zu besprechen, wie ihr wisst. Aber wir sind zuversichtlich, dass sie die Stolpersteine aus dem Weg räumen können. Lasst es euch bis dahin gut schmecken. Gleich wird das Häppchenbuffet eröffnet.«

Während die Gesellschaft sich Richtung Haus bewegte, um sich zu stärken, setzte Bettina ein Glas Sekt an und kippte es in einem Zug herunter.

Sie seufzte und sah zu Charlotte. »Ich hoffe, dass Mara zur Vernunft kommt.«

»Woher kommt das denn auf einmal? Vor ein paar Wochen hättest du Christoph am liebsten selbst gelyncht und nun bist du auf *seiner* Seite?«

»Wie ich schon sagte, wir haben viel geredet. Er ist ein herzensguter Mensch und liebt Mara über alles. Das hat er mir klargemacht. Dann habe ich ihm dabei geholfen, das alles hier doch noch durchzuziehen. Die Gäste zu besänftigen, war der größte Aufwand. In den Tagen nach der Hochzeit habe ich nur telefoniert, weil alle ganz entsetzt wegen ihrer Flüge waren. Nachdem Christoph mich dann von sich überzeugt hatte, ging das Ganze von vorn los. Wir haben die komplette Gästeliste durchtelefoniert, unseren Plan erläutert und alle zum Stillschweigen verdonnert.«

»Und warum habt ihr niemandem von uns Bescheid gesagt?«

»Das Risiko, dass sie davon erfährt, war einfach zu hoch. Wir wollten nicht, dass sie selbst beim Veranstalter absagt. Dann wäre alles umsonst gewesen. Sie hätte nie mit Christoph geredet, jetzt muss sie es tun.«

»Und dann? Glaubt ihr, dass sie wirklich jetzt heiraten werden?«

»Das muss Mara entscheiden. Entweder zahlt sie es Christoph jetzt heim oder springt über ihren Schatten. Ich bin mir ziemlich sicher, dass sie ihn eigentlich schon heiraten möchte.«

»Und was ist mit ihrem Kleid, der Frisur, dem Make-up? Ich glaube, Mara hat sich das alles ein wenig anders vorgestellt.«

»Das Kleid haben wir natürlich mitgebracht und eine Stylistin kommen lassen. Sie könnte Mara in Nullkommanichts zur Prinzessin machen, wenn sie es möchte.«

»Wow, ihr habt an alles gedacht.«

»Selbstverständlich.« Bettina lächelte liebevoll. »Wollen wir auch etwas essen gehen?«

»Ja, gerne.«

»Charlotte«, hörte sie jemanden hinter sich rufen.

Christophs und Bens Mutter bahnte sich einen Weg an den Gästen vorbei. Sie trug ein schickes, hellblaues Kostüm mit Stiftrock und hatte ihre braunen, bereits graumelierten Haare zu einer eleganten Hochsteckfrisur arrangiert.

»Viktoria, wie schön, dich zu sehen.«

»Die Freude ist ganz meinerseits. Lass dich drücken.« Die adrette Mittfünfzigerin presste Charlotte unvermittelt an sich.

Bettina entschuldigte sich und ließ die beiden allein.

»Wie komme ich denn zu der Ehre?«, fragte Charlotte lachend. So herzlich kannte sie Bens Mutter gar nicht.

»Ein Vögelchen hat mir gezwitschert, dass du mit unserem Sohn liiert bist.« Viktoria verzog entzückt den Mund.

Liiert? Das klang ja furchtbar! Tja, was waren sie eigentlich? Ein Paar?

Nicht doch.

»Was für geschwätziges Vögelchen«, tadelte Charlotte.

»Ben scheint sehr glücklich zu sein.«

»Ähm ... ach ja? Was hat er denn erzählt?« Nervös nestelte sie am Kragen ihrer Jacke herum.

»Kein Bange, Schätzchen, er hat keine Details ausge-plaudert. Er sagte nur, ihr seid euch nähergekommen und hattet ein paar schöne gemeinsame Tage.«

»Ja, das muss ja noch nichts heißen. Ich weiß selbst noch nicht, was ...«

»Eins kann ich dir sagen, Charlotte. Du tust ihm gut.«

»Wie bitte? Das läuft doch erst seit Kurzem.«

»Er hat mir vorgestern am Telefon erzählt, dass er nun erst mal in Deutschland bleiben und sich einen Job suchen möchte. Einen richtigen Job. Ich glaube nicht, dass er das nur tut, weil wir ihm die weitere Unterstüt-zung seines Lebensstils verwehrt haben.«

»Du meinst, er bleibt wegen mir in Deutschland? Aber wir wissen ja nicht einmal, ob wir eine Beziehung führen.«

»Ich habe Ben noch nie so von einer Frau sprechen hören. Er kennt dich ja schon eine Weile, und ich denke, dass er dich auch vor der Reise mehr mochte, als er zuge-ben würde.«

»Da bin ich mir nicht so sicher. Er war anfangs wirklich unmöglich.«

»Das ist mein Sohn. Aber er hat eine gute Menschenkenntnis. Genau wie ich. Ich habe schon immer zu meinem Mann gesagt, die Charlotte wäre eine tolle Schwiegertochter.«

»Jetzt mal ganz langsam, Viktoria. Ich ...«

Bens Mutter lachte herzlich. »Du solltest dein Gesicht sehen. Das sind doch nur dumme Sprüche gewesen. Ich will dir nur damit sagen, dass du in unserer Familie immer willkommen bist.«

Charlotte blieb vor Rührung der Mund offenstehen. So herzlich war sie noch nie von der Mutter eines ihrer Partner empfangen worden. Viktoria war stets nett zu ihr gewesen, wenn sie sich gesehen hatten - was nicht besonders häufig vorkam - aber, dass sie so eine hohe Meinung von Charlotte hatte, erstaunte sie sehr.

»Du kannst jetzt weiteratmen, Schätzchen. Hoffen wir, dass erst mal mein großer Sohn heute unter die Haube kommt. Wenn er das mit Mara endgültig verbockt, ziehe ich ihm wirklich noch die Löffel lang!«

Charlotte konnte nicht anders, sie musste Viktoria noch einmal in ihre Arme schließen.

»So, und nun komm«, fuhr sie fort, »sonst futtern die Geier noch das ganze Buffet leer.«

An der Suppenbar entdeckte Charlotte Ben und ging lächelnd auf ihn zu.

»So, so. Du willst also sesshaft werden«, flötete sie.

»Müssen alle Mütter eigentlich solche Tratschtanten sein?«, beschwerte er sich und stapelte das vierte Stückchen Brot auf den Teller neben seiner Suppentasse.

»Ich mag deine Mutter sehr. Sie ist eine unglaublich warmherzige und humorvolle Person. Ist mir bisher nie aufgefallen.«

»Mir auch nicht«, flachste er. »Kommst du mit raus?«

»Ja gleich«, hauchte sie, nahm ihm den Teller ab und stellte ihn auf den Tisch zurück. Sanft legte sie ihre Hände an sein Gesicht, zog es zu sich hinunter. Ihre Lippen trafen auf seine. Sie küsste ihn zärtlich, bis auch er seine Arme um sie schlang. Einen Moment genossen sie ihre Zweisamkeit, doch sie wurden von einem völlig euphorischen Bräutigam unterbrochen.

»Leute, Schluss mit Knutschen. Jetzt wird geheiratet!«

Christoph schloss beide gleichzeitig in seine Arme und lachte erleichtert. »Also, *ich* werde heiraten. Was ihr macht, ist mir gerade egal.«

»Christoph, du darfst deine Frau nun küssen«, beendete der Trauredner die Zeremonie.

Glücklich sah sich das Brautpaar in die Augen und gab sich dann einen langen Kuss, während die Gäste applaudierten.

Alles war perfekt.

Mara sah zauberhaft aus in ihrem langen, schmal geschnittenen Kleid, das am Rücken und an den Trägern mit zarter Spitze verziert war. Ihre roten halblangen Haare waren nur zum Teil nach oben gesteckt, sodass der Rest in sanften Locken bis über ihre Schultern fiel. Das Make-up hatte die Stylistin nur dezent aufgelegt. Maras Look harmonierte wunderbar mit dem Ambiente des Veranstaltungsortes. Sie strahlte, als ob es nie einen Konflikt gegeben hätte.

Als die beiden den Gang zwischen den Stuhlreihen entlangschritten, war sie so vergnügt wie schon lange nicht mehr.

Die Hochzeitsgesellschaft klatschte noch immer, doch Charlotte hielt inne und sah ihrer Freundin zufrieden nach. Sie selbst trug ein zartrosa Sommerkleid, das Bettina ihr mitgebracht hatte.

Die Frau hatte wirklich an alles gedacht.

»Nun bekommt Mara doch noch ihren Honeymoon, auch wenn es nur ein paar Tage sind«, sagte sie gedankenverloren.

Ben legte einen Arm um ihre Schultern und zog sie an sich. Behutsam schmiegte sie sich an ihn.

»Ich freue mich auf Deutschland«, hauchte er in ihr Ohr. »Ich freue mich darauf, dich besser kennenzulernen und ein Teil deines Lebens zu werden.«

»Auf einmal so romantisch. Das gefällt mir.«

»Wusste ich es doch, dass in dir mehr steckt als ein sarkastisches, karriereversessenes Weib.« Er grinste frech.

»Und du bist ein unverschämter Kerl wie eh und je. Aber den mag ich. Bitte versprich mir, dass du nun kein langweiliger Sesselpupser wirst.«

»Das wird nicht passieren, da mach dir mal keine Sorgen.«

Er packte Charlotte an den Hüften und begann dort, wo sie vorhin am Buffet aufgehört hatten.

ENDE

Epilog
Charlotte

Es war dunkel. Nur ein paar Fackeln spendeten der kleinen Gruppe am Tisch im Garten Licht. Vor ihnen standen diverse Cocktailgläser und etliche leere Flaschen.

Mara blickte in die Runde ihrer Freunde und war glücklich.

»Soll ich euch was sagen? Ich bin froh, dass ich nicht verraten habe, was ich mir am Blyde River Canyon gewünscht habe. Sonst wäre es nicht in Erfüllung gegangen.«

Christoph zog sie in seine Arme und küsste sie liebevoll auf die Haare.

»Ich halte es immer noch für Humbug!«, meinte Charlotte.

»Ist es nicht!«, mischte sich Michaela ein. »Ich habe es auch nicht erzählt und habe bekommen, was ich wollte.« Sie lächelte Jens an.

»Seht ihr?«, machte Mara deutlich. »Und ihr zwei seid leer ausgegangen.«

»So würde ich das nicht gerade nennen«, entgegnete Charlotte.

»Wieso? Du hast deine Beförderung nicht erhalten.«

»Weil ich selbst gekündigt habe. Dafür trete ich bald einen viel besseren Job an!«

»Aber du wurdest nicht befördert! Und Ben? Hat der sein Zebra-Steak bekommen?«

»Nein«, räumte er ein. »Aber ich habe auch etwas viel Besseres erbeutet.« Grinsend drehte er sich zu Charlotte und drückte ihr einen dicken Kuss auf den Mund.

Danksagung

Mein größter Dank geht wie immer an die Leserinnen und Leser, die mich jeden Tag motivieren, weiterzumachen. Ich freue mich so sehr, dass ihr meine Geschichten lest.

Diesmal hattet ihr einen noch viel größeren Anteil an der Entstehung der Geschichte. Ihr habt entschieden, aus welcher Perspektive ich den Roman schreibe, wie er heißen und wie das Cover aussehen soll, habt die Namen der Charaktere bestimmt und hattet unendliche Geduld mit mir. Ich danke euch sehr.

Eine besondere Leserin möchte ich an dieser Stelle erwähnen: Michaela hat der Nebenfigur nicht nur ihren Namen geschenkt, sondern mit vielen Details aus ihrem Background auch Leben eingehaucht. Es war so schön, deine Geschichte zu lesen und Teile davon für meine zu verwenden.

Vielen Dank an die Blogger, die mich nun schon eine Weile begleiten und so wundervoll unterstützen.

Danke an meine fantastischen Kolleginnen Jo Berger, Laura Gambrinus, Tanja Neise, Mila Summers, Pea

Jung, Ella Green und so viele mehr, die mich bei der Gestaltung des Covers und des Klappentextes beraten haben.

Danke an meine kleine Familie, die mich jederzeit unterstützt, und die ich so sehr liebe.

Wie immer geht zum Schluss ein zusätzlicher Dank an meine unbezahlbare Lektorin Susanne Pavlovic, die wie immer großartige Arbeit geleistet hat, und an Sabine Steck, die dem Text den letzten Schliff gegeben hat.